CANTO FÚNEBRE

(Francisco Sández)

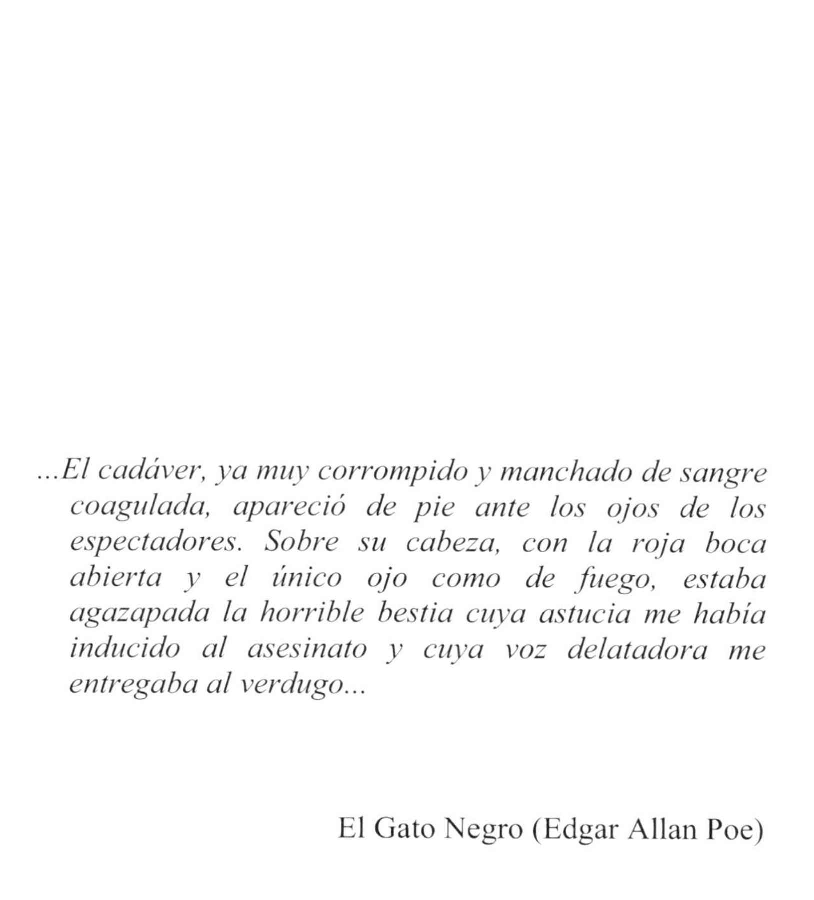

...El cadáver, ya muy corrompido y manchado de sangre coagulada, apareció de pie ante los ojos de los espectadores. Sobre su cabeza, con la roja boca abierta y el único ojo como de fuego, estaba agazapada la horrible bestia cuya astucia me había inducido al asesinato y cuya voz delatadora me entregaba al verdugo...

El Gato Negro (Edgar Allan Poe)

I

...Con un paso lento y con una mirada sin vida, al tiempo que pasa frente a una pequeña iglesia este detiene su caminata, vuelve su mirada y admira su bella estructura, los sencillos detalles barrocos y el tan apacible ambiente que emanaba, un lugar perfecto para descansar. Se encontraba inmerso en una soledad y un silencio inquietante, su joven rostro carecía de expresión alguna, solo en sus ojos se podía apreciar un destello de agonía y misterio; tenía el aspecto de un muerto, su pálido rostro y su boca tan reseca denotaban el sufrimiento que sentía, sentimiento que lo consumía lentamente, parecía un niño perdido, un hijo de nadie, olvidado y entregado a los brazos de un mundo que no lo acepta como es. Habiendo observado durante unos segundos la fachada, regresa su mirada hacia el suelo derramando un par de lágrimas que se desvanecen desde sus enrojecidos ojos hasta el suelo, el cual veía mas cerca de lo que acostumbraba; pero no lloraba por tristeza, no se lamentaba, ni siquiera un solo sonido salía de el, ni un solo quejido de moribundo que lamenta su agonía mientras muere, parecía ahogar una intensa rabia. Segundos después, aprieta su mandíbula y sus ojos deteniendo así su llanto, limpia sus lágrimas con ambas manos y se encamina lentamente hacia el interior de la iglesia. La puerta estaba entreabierta, la empuja con lentitud haciéndola rechinar, sonido que hace eco en el interior y ahuyenta algunas de las palomas escondidas en el techo. Una vez adentro, mira a su alrededor con novedad, parecía ser la primera vez que entraba en un lugar así, aunque se sentía relajado, se sentía distante, admira las deterioradas estatuas de los variados santos y las coloridas pinturas que contenían imágenes del cruel recorrido de Cristo hacia la cruz, se sentía intimidado en aquel lugar, sentía una gran opresión en su pecho, sin embargo, no se detenía, continuaba su marcha aun sin saber el porque estaba ahí. El sacerdote del lugar, quien se encontraba limpiando cada rincón de lo que debía considerar su hogar, acomodando y arreglando los floreros, sin hacer el menor ruido, discretamente observaba los movimientos del extraño de tan sospechoso aspecto, se mantenía en silencio con el ceño fruncido, estaba acostumbrado a albergar indigentes, viciosos y demás, pero esta vez, el sujeto, en verdad no le inspiraba confianza alguna.

Mientras admiraba el lugar, el intruso topa con el confesionario, el cual atrae su atención de inmediato, mira hacia el suelo jugando con sus nerviosas manos, pasa un poco de saliva y se introduce al mismo. El lugar resultaba ser acogedor, cálido y seguro, un lugar en el cual no podrían hacerle daño, al parecer se escondía de alguien o de algo, mantenía su cabeza agachada, su ceño fruncido y los ojos cerrados, su boca tenía el aspecto de jamás haber sido usada, reseca y entreabierta, solo dejaba salir un leve respiro. Observa el suelo continuando así con su silencioso llanto.

El padre, al verlo introducirse al confesionario, detiene su rutina, acomoda los últimos floreros y, aunque dudando, decide ir hacia el para ver en que puede ayudarlo; con cautela, este de igual forma se introduce al confesionario, acomoda su pequeño banquito y se sienta exhalando con un cansancio acostumbrado, el extraño se miraba molesto, mas se mantiene indiferente ante tal intromisión.

-En el nombre del Padre, del Hijo y del Espíritu santo...- exclama el padre de nombre Mateo, mientras limpia su

frente con un pañuelo color rojo, pasan unos cuantos segundos antes de que se escuche respuesta alguna.
-No vine a confesarme- contestó el extraño con un tono de desagrado y una fría voz, aun mirando hacia el suelo ignorando la presencia del padre Mateo, quien, extrañado ante tal respuesta, decide insistir:
-¿Entonces a que has venido hijo?- dijo con una grave voz, autoritaria y segura, pero al mismo tiempo reconfortante y consoladora, el padre Mateo, era un hombre de avanzada edad, silencioso y algo enfermizo, apodado "el padre de los remedios", por las señoras que acostumbraban acudir a la iglesia, era un hombre de letras, sabedor, de buenas costumbres y buena educación, llamaba la atención por su inconfundible aroma a te de menta combinado con un leve olor a cigarrillo, hábito heredado por las largas noches de insomnio que pasaba después de cada misa, enfermedad producida por aquellas largas noches que pasó, cuando era joven, leyendo la Biblia en el seminario, "el insomnio es una enfermedad odiosa, pero las noches son el mejor horario de lectura" pensaba. Después de escucharlo, el extraño suspira haciendo una pausa y cierra sus ojos, impotencia y desesperación se marcaban claramente en su joven frente, segundos después contesta con lentitud:
-no lo se. El padre se intrigó.
-si vienes aquí a drogarte voy a tener que...
-no voy a drogarme...- interpuso rápidamente el extraño abriendo nuevamente sus ojos mientras el padre, inseguro, lo observaba discretamente por los pequeños orificios de madera del confesionario -solo quiero estar solo… aquí me siento seguro- finalizó suspirando, ahora con mas lentitud. Al escuchar el tono de voz con el que

aquel sujeto hablaba, el padre Mateo decide hablarle en un tono más relajador.
-te vi entrar… - dijo al tiempo que acomoda su pañuelo en sus piernas doblándolo cuidadosamente -y… por tu apariencia, creo que no te sientes muy bien hijo… -no me llame hijo…- interrumpió bruscamente el extraño -por favor.
Habiendo quedado en silencio por tan absurda petición, el padre, aun algo confundido decide cuestionar:
- y… ¿Cómo quieres que te llame? Aun no se tu nombre
-mi nombre...- exhaló largamente el extraño -... mi nombre no importa, llámeme como usted quiera, solo no me llame hijo… no me siento como un hijo de alguien ahora.
-bueno... si no me quieres ver como padre o sacerdote, me puedes ver entonces como un amigo- sugirió el padre, el misterioso sujeto, sonríe irrespetuosamente.
-quiere ser mi amigo ¿eh?
-claro, dime cuales son tus problemas, cualquier cosa que te esté molestando, tal vez te pueda ayudar. El sujeto vuelve lentamente su mirada hacia el padre.
-¿puede usted... hacer que una persona regrese de la muerte?- Aquellos ojos sin vida se tornaron en un instante en los de un temerario sujeto de sangre fría, el padre no puede sostener la mirada.
-¿Qué?- cuestiona extrañado, pasa un poco de saliva y saca un rosario del bolsillo interior de su túnica.
-si puede hacer eso, entonces me puede ayudar- agregó reacomodándose en su asiento.
-perdón, pero no te entiendo… ¿Qué es lo que hiciste?.
El extraño vuelve de nuevo su mirada hacia el suelo entrecerrando sus ojos, suspira un tanto desalentado, las ojeras y las bolsas en sus ojos no dejaban que este

mantuviera su vista completamente abierta, parecía padecer de un incómodo insomnio, algo en común con el padre, sus ojos estaban vidriosos, caídos, faltos de vida, parecían verlo todo mas no observar nada.
-usted no querrá saberlo... y dije que quería estar solo.
-y yo te dije que te podía ayudar, además no puedes estar solo aquí.
-yo quiero estar aquí, solo déjeme y váyase- insistió el sujeto.
-¿Qué hiciste hijo? ¿Qué te trajo aquí? ¿Por qué tienes miedo de salir?
-no tengo miedo de salir- contestó molesto – solo que... afuera ya no hay nada para mí.
-¿Por qué crees eso?
-porque es la verdad, mentiras, engaños... Nada mas que mierda- expresó el extraño con una entrecortada voz.
-no digas groserías- El extraño agacha su mirada indiferente al regaño -ya puedo ver lo que te pasa- agregó el padre.
-¿si? ¿Y que es lo que ve?
-quieres hablar pero tienes miedo de hacerlo, la sociedad es injusta a veces, pero...
-la sociedad- interrumpió despectivamente –¿que sabe usted de la sociedad si durante todo el día está escondido aquí?
-... no todos somos pecadores- completó el padre.
-¿usted no lo es? Le puedo asegurar…- señaló el intruso levantando su dedo en contra del padre -…que lo primero que pensó hacer cuando me vio aquí, fue llamar a la policía, o lo va a negar. El padre quedó en silencio.
-Esto es lo que necesitas hijo, sacar todo el odio que tengas guardado, no es bueno reprimir tus sentimientos, di lo que quieras decir, no importa, te vas a sentir mejor.

El intruso vuelve su mirada hacia el suelo sonriendo mientras niega con su cabeza.
-usted es una buena persona padre, lo puedo sentir, pero hay cosas que simplemente no se pueden arreglar, no con palabras, lo que a usted se le hace muy fácil expresar, para mi... Para mi es imposible.
-claro que es imposible, con esos pensamientos negativos todo es imposible, no vas a llegar a ningún lado pensando así, te quedarás estancado odiando y reprochándole a la vida lo que eres y lo que no pudiste ser, lo que te da y lo que te quita- exclamó el padre alzando un poco la voz.
Ambos quedan en medio de un incómodo silencio. Al cabo de unos minutos el extraño vuelve a tomar la palabra.
-esta bien padre… voy a jugar su juego- atendió el extraño.
-¿Qué juego?- preguntó el padre Mateo.
-le diré lo que hice y porqué estoy aquí.
-¿vas a confesarte?- Cuestionó el padre, el sujeto lo observó con una intensa y fría mirada, transmitía una inusual molestia ante las ideas religiosas -está bien, si es lo quieres, te escucho hijo. El joven regresa la mirada inspirando.
-…mi nombre es Cristián, y estoy aquí por que… hice algo que no me deja descansar, me está consumiendo- confesó.
-continua- expresó el padre Mateo mientras pasa su inquieta mano izquierda por su recién rasurada barbilla.
-no… no se como decirlo, es muy difícil…- exclamó Cristián con una quebradiza voz mientras observaba sus manos.
-dilo sin miedo hijo, recuerda que siempre hay una luz que nos ilumina el camino.

-¿y de que sirve la luz en un mundo de ciegos?- opuso Cristián- y le dije que no me llamara hijo.
-¿Por qué crees eso? ¿por qué no crees que Dios te pueda ayudar… Cristián?
-porque no creo en Dios.
Un frío silencio se hizo presente entre ambos.
-no es muy común que un ateo visite la iglesia.
Cristián sonrió a medias.
-ateo... La gente le pone nombre a todo ¿no?
-solo exprésalo, yo veré en que te puedo ayudar- invitó el padre Mateo.
-yo…- expresó en medio de un suspiro - yo maté a una persona.
El padre Mateo siente un intenso escalofrío en todo su cuerpo, el silencioso ambiente de la pequeña iglesia queda en total y absoluta tensión. Dudando uno del otro, estos guardan silencio, pensativos e inmóviles, durante unos cuantos segundos, lo único que se escucha es el eco las palomas que revolotean en el techo.
-le contaré todo padre- retomó la palabra Cristián -pero debe prometerme que me va a ayudar, no puedo con esto solo.
-lo que me acabas de decir... ¿es verdad?- cuestionó algo temeroso el padre Mateo.
-todo lo que le voy a contar es verdad...
El padre mira el rostro de Cristián, el cual pasó de ser intimidante a ser solo el rostro de un solitario adolescente.

II

Unas pocas semanas antes, en una calurosa noche de agosto, Cristián decide salir a convivir con sus amigos, los cuales no son del agrado de su estricto y sofocante padre, el fin de semana es el día preferido de todo joven y Cristián no es la excepción. Días pasados, Cristián había sido castigado durante un lapso de tres meses, la causa: había llegado tarde después de salir sin permiso a una fiesta en la playa, actitud no muy frecuente en Cristián, aunque no era rebelde ni vago, le gustaba salir y disfrutar del licor y las accesibles drogas.

Harto del insano encierro, después de haber hecho planes por teléfono con sus amigos, decide levantarse el absurdo castigo y salir, se alista vistiéndose con sus acostumbrada vestimenta, gustaba usar ropas y accesorios oscuros, del mismo color que su cabello, esto junto con su pálida piel lo hacían ver casi como un personaje de cuentos de vampiros, aunque esta no era su intención. Cristián tenía una belleza casi femenina, tenía un delgado y alargado rostro, una pequeña nariz respingada y una pequeña boca blanca, su padre siempre había dudado sobre su sexualidad, a pesar de que cada vez era mas notable, su padre prefería vivir en negación. Sale por la ventana de su cuarto, testigo silencioso de sus andanzas. Su cuarto estaba en el segundo nivel de una lujosa mansión, este debe trepar hacia un inmenso árbol que estaba al lado de su casa, un grueso mezquite que habitaba el lugar mucha antes de que la familia se mudara. Baja con cuidado, con una acostumbrada habilidad, y sin hacer el menor ruido para no despertar a nadie. Ya estando en el suelo, Cristián camina a paso lento sobre el pasto mientras es observado por el intimidante perro guardián llamado Nicky, un hermoso pitbull entrenado al cual su nombre le restaba respeto; después de pasar la barda que rodea su casa, la cuál trepa tomándose de la frondosa enredadera, Cristián se acerca a una camioneta negra de vidrios polarizados estacionada unas cuantas calles mas adelante, en dicha camioneta ya lo esperaban sus amigos, quienes había recibido el mensaje de su escape a través de su celular, abre una de las puertas traseras y aborda el vehículo, estos parten lentamente con las luces apagadas.

-las tonterías que tengo que hacer para salir a divertirme- se admiró sonriendo Cristián.

-no es la primera vez- señaló Isaías, uno de sus mas apegados amigos. El conductor acelera con indiferencia. Estos se dirigen directo al antro de moda, un lugar llamado "Shojo" uno de los mas famosos de la ciudad, no por su música, sino por los diversos problemas que suceden noche con noche; este es visitado, en su mayoría, por traficantes, drogadictos, homosexuales y lesbianas. De los siete días de la semana, tres es visitado por la policía mediante fuertes operativos que lo único que logran es darle mas fama al lugar, el consumo de droga no baja nunca, solo aumenta y con esto el interés de la gente. Esto no le importa a ni Cristián ni a sus amigos, aunque de vez en cuando consumían las diferentes drogas del lugar, en general eran personas sanas. Los amigos de Cristián eran tres: Mario "el gato" de cabello oscuro y

delicadas facciones faciales, el color negro y la música gótica eran su mayor placer en la vida, Isaías, el deportista, de brazos musculosos y complexión delgada, este es el mas cercano amigo de Cristián, Ramsés, de ojos claros y tez blanca, a quien tenía poco mas de dos días de conocer, dueño de la camioneta, gustaba vestir casualmente, se veía mayor que ellos por varios años, todos gustaban de la vida nocturna y de la convivencia social.
Podían acceder fácilmente aun sin ser mayores de edad, ya que Isaías era amigo del guardia de la entrada, además que no eran los únicos adolescentes sin identificación. Una vez dentro, estos se dirigen hacia una alejada y casi oscura mesa, solo las diferentes luces de neón le brindaban luz, Ramsés, por su parte, se separa del grupo y va a la barra, pide una rara bebida color verde, mientras los demás se acomodan disfrutando del ambiente, Cristián observa la pista de baile, en la cual se apreciaban diferentes parejas que disfrutaban el ritmo, lesbianas, homosexuales, bisexuales, heterosexuales, todos bailaban entre si.
-y simplemente no puedo cansarme de este lugar- expresó Isaías alzando la voz.
-cada vez viene mas gente, y ya sabes lo que eso significa- exclamó el "gato" con una orgullosa sonrisa levantando ambas cejas.
-carne nueva y fresca- completó Isaías moviendo su cabeza al ritmo de la música, en el lugar se podían ver una gran cantidad de personas de diferente estilos, razas, creencias, edades y sobre todo, vicios, era un lugar sin escrúpulos, desinhibido, cierto tipo de personas solían llamarle el "burdel del diablo" no había límites ni control alguno, la gente aquí podía venir y hacer lo que siempre

había querido hacer, experimentar, desvanecer su curiosidad, cumplir sus fantasías y divertirse como nunca. Todos disfrutaban del ambiente y la vista, excepto Ramsés, al ser casi un desconocido para Cristián y la persona en quien menos confía, se mantiene algo distante, solo un par de miradas incómodas y sonrisas forzadas ha sido la comunicación que ambos han tenido.
-¿dónde me dijiste que lo conociste?- cuestionó Cristián acercándose al oído de el "gato" -¿a quien?- cuestionó este mientras baila al ritmo de una extraña combinación musical de sonidos electrónicos.
-a Ramsés, como que no me cae muy bien.
-en un bar, hace como dos semanas- contestó el "gato" mientras observa la pista de baile -es buena onda, habla con el, te va a caer bien.
Cristián solo niega con su cabeza retorciendo hacia un lado sus labios, vuelve su cabeza con lentitud hacia la barra regresándola casi de inmediato, Ramsés lo observaba con una mirada extraña, fría pero amigable, este ocultaba su sonrisa tras su bebida, Cristián disimulaba sus nervios observando la pista. Estos son atendidos por un extravagante mesero el cuál vestía un con diversos colores, un maquillaje extravagante y un peinado alto al estilo de los años ochenta.
-hola guapos- se presentó el mesero -¿Qué van a tomar?
-cerveza- contestó Isaías con rapidez –tráenos tres cervezas claras.
-o.k ya se las traigo- respondió el mesero alejándose al mismo tiempo en que Ramsés se acerca a la mesa, observa a el "gato" y sonríe, este le contesta la sonrisa. Cristián no parecía muy contento de tenerlo cerca.
-¿y no vamos a bailar?- cuestionó Ramsés mientras movía sus hombros aun acercándose.

-yo bailo hasta que me haga efecto la cerveza- contestó Isaías.
-acabamos de llegar, espérate un rato- exclamó el "gato" Ramsés se planta al lado de Cristián -¿y que hay de ti?
-no, después- contestó Cristián con nerviosismo.
Ramsés se aleja moviendo su cabeza hacia los lados.
-pues yo si voy a ir a bailar. Exclamó, se aleja e invita a bailar a una jovencita delgada, de vestido blanco y al parecer de menor edad, la joven acepta la invitación ante la sonrisa y el asombro de sus amigas, Cristián observa los movimientos de este mientras se adentraba en la pista, este topa sus ojos con una singular mujer que bailaba seductoramente. De inmediato fija su mirada en ella, la joven se movía con excitantes pasos, llevaba sus manos por todo su cuerpo, jugaba con su cabello y mordía sus labios a cada instante, de facciones asiáticas, tez morena y delgada, Cristián observaba todo en ella, sus senos firmes y permeados de sudor, su cintura, la cuál se dejaba admirar pues su diminuta blusa apenas alcanzaba a cubrir su senos, su cadera y la forma en que se movía. Cristián cierra sus ojos y vuelve su cabeza hacia otro lado, en ese momento llega el mesero con las cervezas.
-excelente- exclamó Isaías. Este le estira un billete –gracias, el cambio es para ti –expresó cerrándole el ojo derecho, el mesero sonríe y se marcha.
-¿Qué tienes?- cuestionó el "gato" a Cristián quien mantenía una inusual seriedad.
-nada, tengo ganas de ir al baño- se levanta presuroso, Isaías y Mario solo se observan extrañados. Al llegar al baño, se acerca al lavabo para lavarse el rostro, alrededor del mismo se podían ver paquetes de condones abiertos y uno que otro condón usado en el suelo mezclado entre agua, papeles y pastillas, había un leve hedor a orina y

levemente a excremento al cual se habían acostumbrado todos, en el baño siempre había gente, en su mayoría homosexuales drogados que hacían sexo oral a sus parejas o a veces a extraños acababan de conocer. Cristián se admira en el espejo quitando el exceso de agua con una servilleta de papel, en eso, la puerta de uno de los cubículos se abre dejando a la luz dos hombres que se besaban con pasión, tocaban sus miembros constantemente y se acariciaban el rostro, Cristián los observa con indiferencia y sale del baño.
Horas después, ya entrada la madrugada, después de haber bebido hasta los límites de su cuerpo, Ramsés se había unido al grupo después de haber bailado y tomado un par de bebidas en la barra con la jovencita que acababa de conocer, Isaías se acerca al oído de este mientras saca algo de la bolsa de su chaqueta, Ramsés sonríe viendo a los ojos a Isaías, segundos después ambos se levantan.
-¿a dónde van?- cuestionó Cristián observando a Isaías.
-ya sabes- contestó sonriendo con una mirada algo desorbitada.
-viciosos- exclamó "el gato" quien, al igual que Isaías, tenía una mirada perdida y una torpe actitud debido al licor entre sus venas; al alejarse de la mesa, Cristián los sigue con la mirada, Isaías se introduce al baño mientras Ramsés llega a la barra acercándose a una solitaria y misteriosa mujer, platica con ella durante unos segundos y se va, la mujer vuelve su cabeza hacia Cristián, quien al verla, entrecierra sus ojos intentando reconocer su rostro, al hacerlo, este de inmediato se voltea hacia otro lado.
-¿qué pasó?- cuestionó el gato.
-no, nada- contestó Cristián apretando su mandíbula.
Gradualmente, conforme transcurre la noche, la música se vuelve mas aburrida, ocasionando con esto que la gente

abandone el lugar, una sutil forma de decir que la fiesta se acabó.
-ya nos están corriendo- exclamó Mario.
-ya que salgan del baño nos vamos- propuso Cristián.
De repente, Cristián logra ver a la mujer cuya silueta había quitado el aliento, caminaba acomodando su cabello al tiempo que un sujeto la tomaba de la cintura, la seriedad de la mujer lo cautivaba sin poder apartar la mirada.
Isaías y Ramsés se acercan sonrientes.
-esto ya está bien aburrido, mejor vámonos para otra parte- sugirió Isaías.
-si, ya se acabó lo bueno- agregó Mario.
Cristián frunce su ceño en señal de aburrimiento mientras los demás se dirigen a la salida. Una vez fuera, los amigos de Cristián insisten en ir a la playa, pero esta oferta es rechazada por el mismo, alegando que tiene que regresar, estaba algo tomado, su falta de confianza en Ramsés había hecho que este tome menos de lo que acostumbra, una de las pocas ocasiones en que Cristián ha controlado su forma de beber.
-¿pero porque no? andas muy odiosito ¿no crees?- reclamó el "gato".
-salí sin permiso y tengo que estar en la casa antes de que se den cuenta -respondió.
-¿para que sales así si te van a preocupar tus "papis"?
-mejor vamos a dejarlo, no lo vayan a regañar- exclamó Ramsés dirigiéndose a su carro.
-pero… ah, yo si quiero ir a la playa- dijo Mario.
-y vamos a ir- exclamó Isaías mientras lo sujeta y lo encamina a la camioneta.
Después de llegar a su casa y despedirse de sus amigos, Cristián entra de la misma forma en la que salió, sube la

barda y baja con cuidado, al estar abajo, camina lentamente e intenta subir el inmenso árbol, mas, al acomodar mal sus pies en los gruesos brazos del árbol, este cae aparatosamente quedando tendido en el suelo, ante los ojos de su perro guardián, quien solo mueve su cabeza admirado al tiempo que levanta sus orejas, Cristián observa las estrellas con sus cansados ojos durante un rato.

-podría quedarme dormido aquí- expresó sonriendo mientras parpadea con lentitud, se levanta de nuevo y logra, con gran dificultad, subir e introducirse a su cuarto, al estar en el interior, debido a la falta de luz, tropieza con un pequeño buró y torpemente tira las cosas colocadas encima del mismo.

-he hecho menos ruido cuando me termino una botella yo solo- exclamó Cristián negando con su cabeza, al llegar a su amplia y bastante acogedora cama, este se deja caer quedándose dormido casi al instante.

Cristián despierta con una incómoda resaca, un fuerte dolor de cabeza le impide ver con claridad, sus ojos enrojecidos e hinchados, apenas pueden abrirse, se levanta al baño y mira su rostro en el espejo admirándose de sus ojeras y su palidez, se sostiene con sus manos del lavabo.

-Creo que ya no lo volveré a hacer- exclama en voz baja, lava su rostro y sus dientes con una torpeza que no le importa, se quita su mojada y arrugada camisa oscura y se coloca una camiseta blanca, unos shorts cortos, unas sencillas sandalias y sale directo a la cocina. Ambos padres lo esperaban en la sala, su padre, de píe con el rostro endurecido mientras su madre se mantenía sentada con una resignada actitud. Cristián es el segundo de tres hijos, todos varones, su padre, Ismael Lombardini, es un reconocido hombre de negocios, dueño de un famoso hotel llamado "La Perla Dorada" ubicado en Costa Grande, Zihuatanejo, su gran ascenso económico aun estaba en duda. Debido al trabajo y a pequeñas diferencias personales, Cristián y su padre casi no conviven juntos, viven bajo un ambiente de tensión, distanciados mucho mas de lo normal, su padre es una persona de carácter fuerte, machista y autoritario, de facciones duras, voz enronquecida e intenso mirar, si las palabras no eran suficientes en una discusión, una sola intimidante mirada era el fin de la misma, no acepta un no por respuesta y odia la rutina del hogar, cumple sus objetivos, nunca deja nada a medio terminar, le molesta la ineptitud, la mediocridad y sobre todo, cualquier tipo de delicadeza. Cristián en cambio, es una persona sensible, de carácter frágil, fanático de las novelas románticas y la música de moda, totalmente lo opuesto, vestía con atuendos algo opacos, en los cuales resaltan los colores oscuros y fríos, sus facciones son mas delicadas, su rostro es pequeño, de triste mirar y nariz respingada, delgado; en su cuarto reina el orden y la limpieza, le disgusta la suciedad, la desorganización y el ruido. es mas fácil encontrar un trébol de cuatro hojas que una cucaracha en su cuarto, en su espacio. La única persona con la que podía confiar plenamente era su madre, la mas comprensible y cariñosa. Aunque había nacido en un ambiente de lujos, sin preocupaciones, ni carencias, lo que menos le importaba a Cristián era el dinero, y gracias a esto, no era una persona arrogante, Cristián sabe lo que tiene y sabe como utilizarlo, solo no le gusta presumirlo, no es un muchacho materialista, plástico, como suele llamarle a sus hermanos, con quienes tampoco convivía mucho, lo único en lo que se preocupa es en su

apariencia, procura siempre estar presentable, usa todo tipo de cremas para la piel y acondicionadores. Al terminar de servirse un vaso de jugo, este va a la sala.
-¿a que hora llegaste anoche?- preguntó su padre con un intenso tono, Cristián, molesto, cierra sus ojos al verlos, tenía pensado sentarse, relajarse y ver televisión.
-temprano- contestó Cristián con las cejas alzadas y una retorcida frente mientras mueve su cuello hacia los lados.
-¿te pregunté a que hora?
-no sé- contestó molesto mirando hacia el suelo -en la madrugada... Creo, no me acuerdo- se sienta en uno de los sillones y toma el control del televisor.
-hiciste mucho ruido anoche hijo, pensé que te había pasado algo, fui a tu cuarto y me sorprendió el olor a alcohol que tenías- comentó su madre, con un suave tono de su voz.
-no tomé ni tanto- contestó despectivamente al tiempo que da un sorbo al vaso, mira hacia un lado observando el reloj, en este daban las doce y media, la mañana de Cristián había empezado algo tarde, enciende el televisor sin importarle estar a mitad de un regaño y un futuro castigo.
-apaga eso- ordenó su padre. Cristián expira deshumorado, apaga el aparato y da un nuevo sorbo, saborea el líquido apretando sus labios mientras observa el vaso.
-¿a dónde fuiste?- cuestionó su padre.
-a uno de esos lugares.
-no estoy jugando niño ¿quiero saber adónde fuiste?
-fui a una fiesta, ya era tarde cuando pasaron por mi... y ustedes ya se habían dormido, por eso no les pedí permiso.

-Eso no lo justifica- interpuso su padre –tu estabas castigado.
-no me pueden encerrar, ya no soy un niño, necesito salir- reclamó Cristián alardeando con sus brazos.
-Betty nos dijo que te vio en el burdel ese, ¿es cierto?
-¿Betty?- se intrigó Cristián -¿y que hacia ella ahí?
-eso a ti no te importa, te hice una pregunta.
Cristián queda pensativo.
-ya te dije que fui a una fiesta, quería divertirme un rato como cualquiera de mi edad.
El señor Ismael sonríe entrecerrando sus ojos mientras exhala.
-a mi no me importa tu edad, te castigué por libertino, y sin embargo lo vuelves a hacer, ¿te gusta chingar? ¿Disfrutas hacerme quedar como un estúpido? ¿Eh?- Cuestionó acercándose amenazante.
-cielo- interrumpe su madre, el señor Ismael se detiene y queda en silencio.
-mira hijo- interpuso su madre -estábamos hablando yo y tu papá sobre donde vas a estudiar, y decidimos que...
-lo mejor para ti es que estudies el último año de preparatoria fuera- interrumpió seriamente el señor Ismael. Cristián de inmediato vuelve su cabeza hacia ambos con unos ojos asombrados
-¿fuera?- replicó este.
-así es- remarcó su padre -irás a Ensenada...
-pero...- Cristián suspiró sobándose su frente algo molesto.
-mira el lado positivo hijo, es por tu bien- señaló no muy convencida su madre.
-te gusta sentirte independiente, allá vas a estar solo, vamos a ver si es cierto que eres hombre, allá no vas a estar encerrado- recalcó el señor Ismael seriamente.

Cristián, quien mantiene su mano en su frente, vuelve su mirada a su padre.
-te va a gustar Ensenada es un lugar muy bonito- interrumpió su madre con un suave tono además necesitas saber lo que es estar solo para cuando vayas a la universidad.
Cristián, decaído y con una voz lenta y minuciosa expresa.
-yo no quiero irme de aquí, allá va a pasar exactamente lo mismo.
-eso no es verdad- remarcó su padre- ...el estar solo me convirtió en lo que soy, yo estudié allá, y gracias a eso, a mi familia no le hace falta nada.
-¿a tu familia?- preguntó admirado Cristián –a mi nunca me has tomado en cuenta, siempre me comparas con mis hermanos menospreciándome y... ¿ahora resulta que quieres lo mejor para mi?
-si quieres ser tan bueno como ellos vas a tener que estudiar en Ensenada.
-¡yo no quiero ir a Ensenada!
-¡pues a mi me vale madre lo que quieras! te vas a Ensenada y se acabó, no estás en edad de caprichitos babosos ni de hacer lo que tu quieras, ¡estas bajo mi responsabilidad y vas a hacer lo que yo te diga! No te gusta obedecer, no te gustan los castigos, te crees muy maduro, muy independiente, pues vamos a ver si que tan hombre eres, vamos a ver si te sabes valer por ti mismo.
Cristián empieza a sudar y acelera su respiración.
-no es tan difícil cariño- exclamó su madre -solo tienes que socializar un poco, tu eres bueno haciendo amigos.
El rostro de Cristián reflejaba una marcada molestia, mirando hacia el suelo preguntó un tanto resignado.
-¿donde me quedaría?

-no te preocupes por eso- contestó rápidamente su padre arreglándose la corbata, estaba apunto de salir a trabajar– ya está todo arreglado.
-¿ya?- se extrañó Cristián.
-si, solo falta que digas que si- sonrió su madre.
-se lo que quieres hacer...- exclamó Cristián -pero que importa, me va a servir estar lejos de ti, te voy probar que soy un hombre y que no necesito a nadie, me puedo valer por mi mismo. -como sea, arregla tus cosas te vas en una semana- ordenó su padre mientras sale de la sala, Cristián agacha su cabeza negando mientras sonríe, el corto lapso de tiempo del cual disponía parecía no importarle. Rato después, se levanta dirigiéndose de nuevo a su cuarto.
-Cristián- llamó su madre. Este se detiene y acomodando las manos en su cintura -sabes que no es para mal hijo, necesitas esto, vas por mal camino.
-¿desde cuando lo planearon?
Su madre agacha la mirada.
-desde que te vieron con ese muchachito en la playa - Cristián cierra sus ojos volteando su cabeza hacia un lado, al abrirlos, ve a su madre con un rostro de decepción - sabes bien que yo te quiero hijo, pero debes aceptar que eso no está bien, son cosas que no te benefician en nada, ese mundo no sirve de nada.
-¿qué mundo? ¿de que hablas?
-sabes bien de lo que hablo, no necesitamos aclarar lo obvio.
-porque no mejor me dices la verdad... Los avergüenzo, me quieren lejos para no tener que dar explicaciones. -no es vergüenza, lo que...
-como sea madre, ya acepté irme, aunque sea un menor de edad y viva solo en un lugar alejado.
-tienes diecisiete años, ya no eres un niño.

-¿y si hago haya lo mismo que hago aquí? ¿no es un poco estúpido hacerme vivir solo?
-lo que pasa es...
-que haya no me verán- señaló -creo que ya no hay nada de que hablar.
Cristián se aleja mientras su madre lo observa alejarse en medio de un melancólico suspiro. Durante el resto de la semana Cristián alista las cosas que planea llevarse consigo a Ensenada, llevaría solo lo necesario, la mayoría de su ropa, en especial la ropa de frío, accesorios personales, su computadora portátil y su reproductor de Mp3, dejaría solamente su televisión, la casa en al que se hospedaría contaba, según su madre, con todo lo necesario, amueblada, con todos los servicios y una buena ubicación, los gastos de Cristián correrían a nombre de su padre, le depositarían lo que necesitara en una cuenta bancaria, su tarjeta sería de débito, debía estar limitado, pues no iba de vacaciones, el monto mensual debería de aclararlo Cristián ya estando en Ensenada, sus padres no tenían la intención de darle mas de lo necesario, debía a aprender a ahorrar, a controlar y administrar su dinero. El castigo no era muy común, había compañeros suyos que deseaban salir del lugar y estudiar fuera, para Cristián, mas que un castigo, era la manera perfecta de decirle a su padre que no lo necesitaba. Cristián recibe una fiesta de despedida en la playa, cerca del hotel de su padre, algo poco común en la relación de estos, aunque la idea había sido de su madre; la mayoría de los amigos de Cristián asisten a la misma excepto Ramsés.
Fue una sencilla celebración, familiares, amigos de la familia y compañeros de escuela figuraban entre los invitados, parecía mas una fiesta de su madre que de Cristián; había una gran mesa bajo una gran carpa que

cubría los alimentos del sol, entre los cuales resaltaban carnes y mariscos, jugos naturales, papitas y unas pocas bebidas de sidra, lo único que no había eran bebidas alcohólicas, las cuáles sus amigos habían llevado a escondidas. Cristián se mantenía algo alejado, serio y resignado, se había dado un largo chapuzón en el agua para evitar a sus familiares mas cercanos, sabía que le harían incómodas preguntas. Horas después de que la mayoría de los invitados de su madre se habían retirado, Cristián se encontraba sentado alrededor de una fogata cerca de la playa con solo unos cuantos de sus amigos. -¿pero no sabes porque te quieren mandar para allá?- cuestionó Isaías mientras da un sorbo a una botella de cerveza.

-no, bueno… si, no me quiere, y quiere que me vaya para no tener que verme todos los días. -escápate, vente a mi casa- sugirió Mónica, delgada muchachita de oscuro cabello y oscuros atuendos.

-¿y para que lo quieres en tu casa?- cuestionó el "Gato".

-¿quieres que se vaya a la tuya?- reaccionó Mónica. Cristián sonríe tomando el último trago de su botella, la cuál acomoda a su lado.

-que se vaya a la chingada, mejor me voy, me va a servir.

-¿y nos vas a abandonar?- cuestionó Isaías.

-si por mi fuera me iba de mi casa, pero ¿para que? Para que me mandé buscar, además mi mamá no se iba a quedar en paz hasta hacerme regresar, mejor sigo su juego, termino mis estudios y lo mando a la chingada, así ya no voy a tener obligaciones con ellos.

-pues te vamos a extrañar- exclamó Mónica -¿vas a regresar en vacaciones?

-espero.

-escápate en Ensenada, ni modo que te encuentre allá- añadió.
-que fácil son para ti las cosas ¿no?- expresó el "Gato"
-bueno, pues si no lo quiere su papá, para que le hace caso.
-porque no quiero trabajar todavía Mony, mejor me aguanto y sigo gastando su dinero, además pueden visitarme cuando quieran, la casa estará sola- sus compañeros sonríen junto con Cristián –vamos por mas cerveza, me voy a ir de todos modos, así que hay que celebrar mas tiempo mejor, esta noche quiero disfrutarla- exclamó sonriendo a Isaías. Como en cualquier reunión entre amigos, la noche se alargó hasta el agotamiento de las bebidas
Ya habiendo finalizado la semana, muy temprano en la mañana, Cristián se encuentra en el aeropuerto sentado junto a su madre, quien es la única que lo acompaña, la mirada en este era triste y al mismo tiempo alegre, ambos en silencio, solo observan el suelo. Cristián, con una chaqueta oscura de piel, mantiene sus brazos entrelazados.
-¿fue decisión de los dos o solo de el?- cuestiona rompiendo el silencio.
-¿qué cosa? Atendió su madre.
-el que estudiara en Ensenada.
-fue... de los dos, yo no quería que te fueras tan lejos, pero tu padre me dijo que solo así ibas a independizarte, y te convertirías en un hombre, un hombre de provecho.
-¿y no soy un hombre de provecho ahora?
-eso no es lo que quiso decir.
-¿y que quiso decir? ¿qué piensas tu?

-pues, que... El que estén separados va a hacerles bien, ya verás, se van a extrañar y cuando regreses te va a tratar diferente.
-¿y que tal si no regreso?- cuestionó Cristián.
-no digas eso hijo, no te estamos haciendo daño, sabes bien que no, con el tiempo vas a comprender.
En eso se deja escuchar el llamado para su vuelo, Cristián observa a su madre sonriendo.
-bueno, ya me tengo que ir- expresó, su madre tenía unos ojos vidriosos, difícilmente podía mantener su cabeza erguida mas no disimulaba su tristeza -no te pongas así- expresó Cristián al tiempo que se levantan, esta lo abraza sollozando -solo dale las gracias al viejo.
-el no lo hace por hacerte mal, solo no sabe acercarse a ti.
-bueno, como sea, ya me tengo que ir- exclamó levantando una gran maleta y acomodando su mochila.
-¿tienes la dirección verdad?- cuestionó su madre mientras intentaba arreglar el cabello de este, acción que hace lo sonreír.
-la tengo en la billetera.
-me dijo tu padre que la casa está en un buen lugar y que los que se la vendieron la cuidaban mucho, te va a gustar.
-viniendo de el, me conformo con que tenga techo… o.k. Madre, adiós- se despide dándole un beso en la mejilla, esta observa amargamente como paso a paso, su hijo se aleja.
-adiós hijo- dijo en sus adentros, se reacomoda el bolso y sale del lugar sin siquiera levantar la mirada.

III

Ensenada es una ciudad grande y tranquila, el lugar perfecto para crecer con oportunidades a tu alrededor, tiene un clima húmedo, las constantes lluvias que azotan la ciudad le dan un toque de frescura y un olor a vida, la violencia escasea en la región; aunque en las noticias solamente se abordan sucesos tales como el narcotráfico y la corrupción, Ensenada es un lugar mágico, apacible y muy amistoso.

El viaje de Cristián era un poco largo, debía llegar en avión a Tijuana y de ahí tomar un autobús a Ensenada, aunque no sabía con exactitud el lugar exacto en el que se iba a hospedar, la dirección que su madre había anotado

en un papel lo hacia sentirse seguro, sentimientos encontrados albergaban su cabeza, estaba contento porque iba a estar alejado de los castigos absurdos de su padre, tenía derecho a hacer lo que quisiera, cuando quisiera y como quisiera, y todo eso, gracias a su mismo padre, tendría autorización para poder llegar a la hora que deseara, podría hacerse vicioso y nadie lo notaría, las calificaciones eran lo que menos lo preocupaba, era una persona inteligente y muy ordenada, cualquier problema lo resolvía con una facilidad envidiable, le gustaba sentirse independiente y esta era la oportunidad de probarlo. Pero había algo que desagradaba a Cristián, estaría, mas que independiente, solo, sus amigos estarían alejados y no lo podrían visitar con regularidad, además, el que su padre le haya otorgado tal situación lo intrigaba, había pagado la casa en la que se quedaría, no rentada, ni prestada, vendida, ¿por quien? ¿Cuándo? ¿Cómo? Su padre había gastado tiempo en prepararlo todo, el papeleo del cambio de escuela, la localización de la casa, gastos y demás, Cristián se extrañó de si mismo al recordar que había aceptado con tal rapidez.
"¿y si no hubiera aceptado? ¿Qué sería de la casa?" pensaba Cristián, pero analizaba todo pensando que el no es el único en la familia, la casa le serviría a todos, y que tal si quisieran pasar vacaciones juntos, a su padre le gustaba Ensenada, tener una casa facilitaba el hospedaje en vacaciones, aunque eran contadas las ocasiones en que viajaban juntos como familia. Al bajar del avión y salir del caos que representa una llegada al aeropuerto, sobre todo en un lugar como Tijuana, este se dirige a un taxi aparcado cerca el cuál lo lleva a la estación de autobuses.
-¿no hubiera sido mas fácil estudiar en Tijuana?- exclamó Cristián por el odioso viaje que debía hacer. En el camino

saca se su mochila su reproductor de música, se acomoda en un asiento cercano a la ventana, este observa el camino, las casas cercanas a la carretera pero alejadas de la ciudad, intentaba imaginar la vida de sus ocupantes ¿será monótona? ¿rutinaria? ¿o simplemente sencilla?
"es un lugar para una vida sin mas futuro que la muerte" se dijo fríamente en sus adentros reacomodándose en su asiento, aunque no era una persona materialista, Cristián no sabía vivir sin los lujos del dinero.
Habiendo llegado a Ensenada, este se dirige de nuevo hacia unos taxis cercanos. Saca de su cartera el papel con la dirección y se lo estira a un taxista que se encontraba limpiando el parabrisas de su unidad con un trapo rojo.
-¿si me puede llevar aquí?- cuestionó reacomodándose la mochila para tomar de nuevo su gran maleta. El taxista toma el papel y hace su cabeza hacia atrás frunciendo el ceño, era un sujeto de edad avanzada, su vista ya no era la misma, asiente lentamente con su cabeza y vuelve su mirada hacia Cristián.
-seguro muchacho, súbete- Accede el taxista entregándole de nuevo el papel, abre la puerta saca las llaves y guarda el trapo debajo del asiento delantero, lugar en el cuál, también escondía un revolver viejo y oscuro, abre el maletero y ayuda a Cristián a subir su equipaje. -¿Qué traes aquí muchacho? Un muerto. Exclamó el taxista cuando levanta la maleta. Cristián sonríe y se acomoda en el asiento trasero. El taxista enciende el auto y se alejan del aeropuerto, el corazón de Cristián estaba palpitando con rapidez, tenía la mala costumbre de comerse sus uñas al estar nervioso.
"nunca se sabe donde va a estar uno" pensó Cristián dando un suspiro, observa la ciudad nutriéndose de todo lo que puede, las modas, el tipo de gente, los locales y

demás, era un muchacho que pocas veces había estado solo en un lugar, un empleado de la familia lo llevaba a todos lados, a la casa de sus amigos, a la escuela, a las fiestas familiares, esta era la oportunidad para demostrar que nada de eso le hacía falta.
Minutos después, llega a la dirección indicada por sus padres, se baja del taxi mientras el taxista baja su equipaje.
-¿Cuánto es?-cuestiona Cristián sacando su cartera de piel.
-ochenta y cinco pesos. Un trago amargo recorre la garganta de Cristián, aunque eran pocas las veces en las que se había subido a un taxi, sabía bien que el precio estaba algo alterado.
-¿Por qué tan caro?- cuestiona deteniendo su búsqueda de dinero.
-ese es el precio oficial- responde el taxista quien lo observa refugiado detrás de sus recién limpiados lentes de sol.
-pensé que aquí era mas barato- indagó al momento en que le extiende la mano con la cantidad exacta.
-ya ves que no- agregó el taxista.
Con su maleta en el suelo, después de que el taxista se aleja, este echa un vistazo al barrio a su alrededor, la expresión en su rostro es simplemente de conformidad, la casa era algo amplia, de dos niveles y con cochera.
"creo que tenía razón- pensó Cristián *-esta casa no es nada mas para mí".*
La casa estaba cercada por una malla de acero viejo y oxidado, con ramas secas enredadas, el patio tenia una que otra planta rogando ser atendida, había pedazos de tabla amontonados por doquier, láminas y viejos muebles rotos y carcomidos, un nido perfecto para asquerosos

insectos pensó Cristián, quien observaba los desechos con desagrado. Después de admirarla, abre la puerta de la malla, la cual estaba cerrada con un oxidado candado de acero mas o menos igual de fuerte que cuando nuevo, la llave estaba igual de oxidada, Cristián no vaciló en encontrarla entre las llaves que le dio su madre al momento de empacar, entra dejando la puerta de malla abierta, llega hasta la puerta de la casa y la abre, entra dejando las maletas en el suelo y observa el interior con un notable desanimo.
- ¿Por qué tan poco? – se lamentó. La casa estaba muy descuidada, resaltaban las manchas en la pared, la humedad había acabado con la pintura, se podía barrer el polvo en los muebles, los cuales no estaban en muy buenas condiciones, una que otra cucaracha en el piso y un extraño olor parecido al de un cementerio recién mojado por la lluvia le dan la bienvenida, no era precisamente un buen lugar para motivar a un estudiante. Había una sala empolvada de sillones oscuros, una mesita en el centro con una viejo mantel bordado, no había televisión, solo un estante con viejos libros ya comidos por los insectos, la cocina estaba cerca de la sala, una barra de madera era lo único que los separaba, no había comedor ni sillas, ni siquiera banquitos para sentarse a comer sobre la barra, la casa se veía opaca, las cortinas descoloridas no dejaban entrar mucha luz, la cocina tenía un refrigerador con una puerta algo caída, un zinc y una alacena sin trastos -Gracias padre mío- expresó Cristián con un sarcástico tono, pensaba que el castigo era limpiarla por completo para que cuando la llegaran a usar ellos, la casa estuviera impecable, su limpia organización y su higiene personal eran su rasgo característico. Al lado derecho de la cocina estaba un cuarto y enfrente del

mismo un pasillo, en medio de dos cuartos, estaba al lado de los escalones y conducía a un tercer cuarto, un baño posiblemente, lugar que Cristián pensó debería limpiar primero, había una puerta en cada pared del pasillo y estas conducían a las recámaras, ambas vacías y frías, sin mas que manchas y suciedad, Cristián cierra ambas puertas limpiándose las manos en sus pantalones con un retorcido rostro. Sube a la recámara del segundo nivel, los escalones crujían en cada paso, los cuáles subían doblaban a la derecha y subían de nuevo del lado contrario, arriba había dos cuartos, uno quedaba justo frente al último de los escalones, abre la puerta del mismo y se asombra al ver que este estaba amueblado, había una cama con sábanas nuevas, un amplio guardarropa, un par de buroes, con lámparas encima, y un tocador, este cuarto tenía un baño al lado, el cual estaba en las mismas condiciones que el resto de la casa. De inmediato, Cristián acomoda sus cosas para salir de inmediato a ir a comprar artículos de limpieza, el baño lo único que contiene es un periódico viejo y docenas de insectos tanto muertos como vivos. Se da cuenta que hay mucho por hacer, su primer día de clases empezaba al día siguiente, así que era primordial acomodar para sentirse cómodo y empezar bien, ahora entendía la precipitación de su padre, el porque lo había mandado lejos sin conocer a nadie, una ciudad que desconocía y una casa en malas condiciones.
"mi padre quiere que le agradezca lo que me ha dado, me tiene viviendo bajo los lujos que me da, vivo sin preocupaciones ni responsabilidades, es hora que aprenda a respetarlo y a ser agradecido" pensaba Cristián.
-ojalá te mueras lentamente viejo -exclamó, deja su maletas y su mochila aun sin desempacar y baja

caminando con mas confianza, se para al término de las escaleras y saca su llamativo y moderno teléfono celular, busca en su agenda el número de su madre y marca esperando el tono.
-Hijo- saludó su madre al otro lado -¿cómo estás?
-hola Má, te hablo para avisarte que ya llegué a la casa.
-que bueno cielo, ¿y como está? ¿todo bien?
-si, todo bien, excepto la casa- sonrió.
-¿por qué que tiene?
-está muy sucia, y vieja- se quejó llevando su mano izquierda a su cintura -pensé que era una casa nueva- se deja escuchar una leve risa al otro lado de la bocina.
-la verdad yo no se nada de la casa hijo, tu padre fue el que arregló todo por allá... Pero, imagino que está en buenas condiciones ¿no?
-si... Bueno, está vieja pero.
-eso es parte de vivir solo hijo, tienes que limpiar tu espacio, no es difícil.
-si, lo se... Ni modo, que remedio, tendré que limpiar- señaló admirando alrededor -¿oye Má?
-si.
-¿qué pasaría si quiero regresarme? Si en realidad no quiero estudiar aquí.
Una larga pausa.
-pues... Lo que tu quieras hija, pero no deberías darle ese gusto a tu padre, sabes como es, si quieres ganártelo demuéstrale que si puedes.
Cristián retorció sus labios.
-está bien, bueno... Te dejo, no quiero que se me acabe el saldo del celular.
-bueno hijo, adiós, me hablas si necesitas algo.
-o.k... Bye.

Al terminar la llamada, este manda un mensaje de texto en forma simultanea a sus amigos.

"ya llegué, la casa está horrible, ojalá que puedan venir el fin de semana porque ya quiero fiesta, adiós y pórtense bien"

Guarda el aparato en su bolsillo y coloca sus manos en su cintura observando, había mucho que comprar, eran poco mas de las tres de la tarde, tenía tiempo sobrado para limpiar y acomodar.
Sale cerrando la puerta con doble llave, cerciorándose que esta abra de nuevo y no se atore, pasa el patio y cierra de igual forma la cerca, ya afuera, este se detiene un momento en la calle para decidir que dirección tomar. Cerca de su casa, a menos de tres cuadras, había una tienda de abarrotes, no muy surtida, "luna" era el nombre de la misma, este llega a la misma y busca lo básico, sabía que no podría comprar mucho, al día siguiente debía investigar donde había una tienda grande y muy surtida. Tarda unos minutos en regresar de la misma, en ambas manos cargaba bolsas repletas de artículos domésticos y víveres, abre la cerca dejándola entreabierta por si tiene que volver a salir, entra, deja las bolsas en el suelo y cierra la puerta con seguro, las toma de nuevo y las lleva a la barrita, la alacena estaba bastante sucia, así que la limpia quitando las telarañas en su interior, esta era de madera barnizada, tenía ciertas manchas de humedad a los lados, algunas partes estaban ya carcomidas por las polillas, limpia las ventanas del mismo con un par de trapos a los cuales rocía un producto especial para vidrios, después de haberla limpiado cuidadosamente, acomoda su despensa: latas de atún en agua, de chícharos,

de elotes, de champiñones, aceitunas negras y demás, un par de barras de pan integral, un bote de salsa de soya y un bote de aceite para cocinar bajo en calorías. En eso, una melodía se deja escuchar, había recibido un mensaje de texto. Este saca su celular.

"Excelente, a ver si podemos ir este fin... Digo si no es mucho encaje, a ver si te podemos ayudar a arreglar tu pocilga o mejor dicho, La Futura Jaula, jeje.
Bye y pórtate mal... Punk4ever"

El número era de Isaías, Cristián sonríe al leerlo y guarda de nuevo su celular en su bolsillo. El refrigerador era grande, y espacioso, Cristián tenía miedo de abrirlo y encontrarse un mundo de insectos dispuestos a comérselo vivo, primeramente lo limpia por afuera y lo conecta, tapa su nariz y abre la puerta quedándose a un lado, nada sale de su interior, lo que da confianza, se acerca aún con su mano en la nariz admirándose de que este estaba limpio, unas cuantas manchas a los lados y nada mas, quita su mano de su nariz y se acerca para ser golpeado con un fuerte hedor caliente a comida vieja, el viejo enfriador llevaba bastante tiempo cerrado, Cristián se levanta maldiciendo el tufo y sale de su casa por la puerta trasera, la cual estaba en la cocina, escupe e intenta vomitar, levanta la mirada aun con un rostro retorcido mientras limpia la saliva de su rostro, el patio era grande, lleno de hierbas, era una tierra mal cuidada, cerca de la casa había herramientas recargadas en la pared: rastrillos, escobas, azadones y machetes, cerca de estos había un pequeño techo para proteger una vieja lavadora de las constantes lluvias, Cristián se acerca y toma una escoba de puntas retorcidas y regresa al interior. Al estar de nuevo dentro,

mira detalladamente la casa con las manos en su cintura y un decaído rostro, deja la escoba recargada a la pared, toma un par de trapos nuevos para limpiar el refrigerador. Una vez limpio, dentro del mismo coloca un galón de leche descremada, yogurt natural, dos paquetes de jamones de pavo, un kilo de tomates, aguacates, un par de cebollas, una lechuga romana, un paquete de zanahorias bebés, apio, cilantro, una canastilla de fresas, pepinos, duraznos, manzanas, naranjas y plátanos, todo lo guardaría en el interior por temor a ser asaltado por los bichos, en la canasta básica de Cristián no entraban frijoles, huevos ni tortillas.
Al terminar de limpiar la cocina, la cual queda con un suave olor a lavanda y un piso barrido y trapeado, este camina hacia el pasillo, observa la puerta al final del mismo, se acerca y la abre, se sorprende al ver nada mas que oscuridad y unos escalones que se perdían hacia abajo, introduce una mano buscando el interruptor hasta encontrarlo, intenta encender la luz, mas el viejo foco llevaba bastante rato fundido, intenta bajar con cuidado, pero está demasiado oscuro, se siente intimidado y sale rápidamente cerrando la puerta detrás suyo. Rato después, limpiaba las manchas del piso cuando escucha que alguien toca la puerta, este se extraña ya que es nuevo en el lugar y no conoce a nadie. Limpia el jabón de sus manos, y se encamina a la puerta abriéndola lentamente, se asoma con algo de inseguridad.
-hola- expresó una linda jovencita de notables curvas, quien portaba un pantalón de mezclilla bastante ajustado y una camiseta blanca igualmente ajustada -te vi llegar y quise pasar a saludarte, mi nombre es Dolores y vivo en la casa de enfrente- concluyó extendiendo su mano,.

-ah, mucho gusto, yo me llamo Cristián. Sale para contestar el saludo calculando mentalmente su edad.
"por su actitud se ve de diecisiete o dieciséis, pero su cuerpo... Su cuerpo está muy bien" -mucho gusto Cristián, ¿no me invitas a pasar?
-ah, yo...- se extrañó este -estoy limpiando, hay un desorden dentro.
-no importa- contestó la amigable joven, Cristián la mira admirado, desconfiando este cuestiona -perdona, pero ¿acaso te conozco?
-no, nada quería conocer a mi nuevo vecino.
-bueno, pues bien por ti, ahora, si me disculpas, tengo algunas cosas que hacer- señaló este adentrándose a la casa.
-si quieres te puedo ayudar- Cristián se detuvo. -¿ayudar a que?- cuestionó este un poco malhumorado -no lo se, en lo que necesites ayuda.
-no necesito ayuda- respondió.
-no es sano estar solo- comentó Dolores.
Cristián sonríe un poco, algo intimidado, este se recarga en el marco de la puerta.
-¿de verdad me quieres ayudar?
-si- contestó rápidamente.
-¿por qué?
-ya te dije, soy muy amigable... ándale, no seas sangrón y déjame pasar.
-no puedo dejarte pasar solo porque si.
-me tienes miedo ¿o que? No te voy a morder.
Cristián queda en silencio ante el comentario, este admira el escote de Dolores.
-no deberías ser tan confiada.
-¿por qué no? No eres peligroso ¿o si?
-no, pero...

-ya ves, anda, por favor, me estoy muriendo de aburrimiento, y tu eres la primer persona que veo en pie por aquí. -¿qué no tienes amigas?
-si, y muchas, pero viven muy lejos- contestó Dolores juntando sus manos en la espalda mientras se meneaba de un lado hacia otro, Cristián soba su barbilla mientras considera el dejar pasar a su casa a una extraña -en fin, si no quieres mi ayuda, pues...- expresó, se da la vuelta para regresar a su casa.
-no, no espérate.
-ah verdad.
-mira, lo que pasa es que, la verdad ahí adentro esta muy sucio, es mucho trabajo, pero si me caería bien la ayuda.
-no importa, es domingo y no tengo nada que hacer.
-esta bien, si eso es lo que quieres, entonces pasa.
Cristián hace pasar a Dolores al interior de su casa algo inseguro, este, al entrar Dolores, cierra la puerta.
-vaya, si que esta sucio por aquí.
-te lo dije.
-no importa- Dolores rápidamente toma un trapo y sin siquiera preguntar, empieza a limpiar los muebles.
-si quieres yo...- dijo Cristián algo avergonzado.
-no importa, te dije que te iba a ayudar, no me voy a romper las uñas- expresó alzando su mano al tiempo que mueve sus dedos, ninguna de sus uñas estaban pintadas. Este mira a Dolores sonriendo algo intimidado
-ese es un bonito anillo- expresó Cristián admirando un dorado anillo con una pequeña piedra roja que Dolores cargaba en su dedo índice.
-gracias, me la regaló un ex-novio, bastante imbécil por cierto.
-pues fue un buen regalo, mi madre tiene un anillo como ese- expresó, este continua limpiando el piso. Cristián

vuelve su cabeza hacia Dolores extrañado -así que… Dolores, ¿vives enfrente?
-si- contestó esta mientras limpiaba con cuidado el estante.
-y no le molesta a tu mamá que te metas a la casa de un vecino que no conoces.
-no creo que le importe nada a mi madre.
Cristián se intriga, pensaba que seguramente la muchachita que le ayudaba acababa de tener una discusión con su madre y había ido a su solamente para alejarse de ella o molestarla.
-¿Por qué no?
Dolores toma un par de libros del estante y se los muestra a Cristián.
-¿vas a necesitar esto?- cuestionó retorciendo su cara con asco.
-no, no creo, no sirven ni para prender la estufa.
-¿Dónde los pongo?
-déjalos ahí por mientras, al rato los tiro- esta los deja sobre la mesita de las ala -¿por qué dices que no le importa nada a tu mamá?
Dolores vuelve su cabeza hacia Cristián.
-no quiero hablar de mi madre.
Esta toma una viejo radio y sintoniza una estación de música popular. Ambos disfrutaron conviviendo aun sin conocerse mientras limpiaban y acomodaban la casa, contándose chistes y haciendo bromas sobre lo sucio que estaba el lugar, divirtiéndose tanto que no se dan cuenta del momento en que les cae la noche.
Cristián acomoda los artículos de limpieza usados en el baño mientras Dolores limpia el sudor de su frente con su mano al tiempo que se recuesta en el piso, Cristián

regresa y se sienta a un lado de esta mirándola con una tímida sonrisa en su rostro.
-¿qué?- cuestionó Dolores acomodando su brazo para sostener su cabeza.
-nada, solo que, acabo de llegar, y... Se me hace raro que sin conocerme me hayas querido ayudar.
-ya te dije que así soy yo.
-si, pero... No es muy normal.
-¿y quien quiere ser normal?- señaló observándolo -¿de donde eres?
-soy de Zihuatanejo, me vine a... bueno, casi me obligaron a venirme a estudiar para acá.
-¿y eso?
-mi papá estudió aquí y quiere que yo haga lo mismo.
-perdóname pero, que flojera tener un papá así.
-es lo peor, pero mejor estar lejos de el, así ya no voy a tener que soportarlo, aunque a veces siento que no me quiere y que en realidad quiere deshacerse de mi.
-tienes razón- interpuso Dolores, Cristián levanta su mirada -aquí ya no vas a tener que soportarlo... Oye, ¿salías mucho en Zihuatanejo?
-a veces.
-¿dejaste alguna novia?- sonrió Dolores. Cristián sonríe sin ganas.
-no, no soy muy popular, soy muy tímido creo, tengo muy poca historia entre con mujeres. -uuuh, que lástima, porque a mi me gustan aventados, que no sientan vergüenza en nada- este queda pensativo al tiempo que limpia sus uñas.
-¿qué hay de ti?- cuestionó Cristián.
-¿qué quieres saber?
-no se, cuéntame lo que quieras.

-bueno, pues, soy de Monterrey, regia de corazón, me vine a estudiar a Ensenada hace dos años, solo que a mi no me obligaron, soy independiente desde los catorce, me gusta salir, comprarme muchas cosas, hacer nuevos amigos, y ya.
-¿eres independiente desde los catorce años?- cuestionó con extrañeza.
-así es.
-¿por qué?
-porque si, me enfadé de mi familia, bueno, en realidad, ellos se enfadaron de mi, así que decidí tomar mis cosas y dejarlos para siempre.
-¿entonces vives sola?
-mas o menos, le rento la casa a un amigo desde hace cuatro años.
-¿y tu familia no sabe que vives aquí?
-no, de todos modos si supieran no me buscarían, que mas da- señaló esta recostándose sobre su estómago, Cristián observa la curva de su trasero regresando la mirada de inmediato.
-pues ya somos dos estudiantes solitarios- este agacha la mirada -y... ¿tienes novio?- cuestionó con nerviosismo.
-¿por qué lo preguntas? Eh pícaro- sonrió Dolores.
-no, por nada, tu me preguntaste lo mismo.
-y dices que eres tímido con las mujeres, creo que mas bien tu eres de los de uñas escondidas.
-¿qué es eso?
-que son tímidos un rato, pero que ya que entran en confianza, arrasan con todo.
-no creo ser así.
-te puedo apostar que eres muy diferente con tus amigos a como dices ser.
-bueno, pero con los amigos es diferente.

-eso dicen todos- Dolores mira su reloj verificando la hora -madre santa, mira que hora es, ya me tengo que ir- dijo levantándose rápidamente.
-¿ya?
-si, es muy tarde.
-que no vives sola.
-si, pero tengo que hacer una tarea.
-¿quieres que te ayude?- propuso Cristián al tiempo que se levantaba.
-no creo que le entiendas- Dolores se levanta.
-deja te acompaño a tu casa- sugirió, sale dejando la puerta abierta. Después de cruzar la calle, al llegar, esta se voltea para despedirse.
-me la pasé bien, me gustó haberte ayudado.
-yo también, si quieres ir mañana a mi casa para platicar mas, o si quieres yo vengo.
-mejor yo voy.
Dolores sonríe acercándose a Cristián para darle un beso de despedida, solo que esta al tenerlo cerca, se voltea intencionalmente besando su boca.
-Oh, perdón, no fue mi intención- se disculpó rápidamente Cristián -no importa, buenas noches Cristián, hasta mañana.
-hasta mañana- se despidió algo confundido, Dolores entra y cierra su casa, segundos después, este se da vuelta y regresa sonriendo mientras acaricia sus labios. Entra de nuevo cerrando la puerta detrás suyo sin antes observar la casa de su coqueta vecina entre las envejecidas cortinas de su casa, sube hasta su cuarto no sin antes anticipar el cuarto al lado de este, el pasillo que llevaba a el mismo no tenía iluminación, lo que dificultaba la vista, este camina hacia el mismo e intenta abrir la puerta, esta estaba cerrada con llave, intrigado, este queda unos

segundos observando la puerta, levanta sus cejas y se regresa al cuarto principal para dormir, Cristián solía dormir sin cenar, costumbre que le llevó bastante tiempo dominar.

IV

Cristián despierta muy temprano, su primer noche había sido bastante pacífica y cómoda. Abre sus ojos observando el envejecido techo de su alcoba, le costaba aceptar que este era, aunque pasajero, su nuevo estilo de vida. Con las cejas levantadas y el cabello desaliñado, estira los músculos de su delgado cuerpo, se pone en pie y se introduce al baño, el cuál distaba mucho de lo que acostumbraba, estaba limpio superficialmente, pero tenía manchas envejecidas de moho y óxido, Cristián limpia uno de sus ojos exhalando con resignación, abre la regadera y espera el agua. Aunque por voluntad propia se había acostumbrado a bañarse con agua fría, pensando que esto haría que su piel se conservara mejor, el hecho de no tener otra opción mas que una ducha helada directa de la tubería lo incomodaba.
Después de alistarse y salir de su casa, el frío matutino lo hacer regresar por un suéter, no estaba acostumbrado a una mañana tan fría y nublada, y su uniforme escolar abrigaba muy poco; en su ambiente natal estas ocasiones eran especiales, recordaba las ansías con las que esperaba la llegada del invierno para poder presumir su nueva ropa abrigadora. Toma el primer suéter que encuentra, era el mas delgado pero cumplía su función, de color negro, con gorro blanco y unas diminutas líneas rojas; sale de nuevo caminando presuroso. Unas cuantas calles adelante, encuentra la parada de camiones.
"¿pero cual tomo para llegar a la escuela"- pensó. No tenía mucho tiempo para aventurarse a tomar un camión equivocado, así que tomó de nuevo un taxi.
Al llegar a la dirección indicada, baja del taxi de inmediato, no había nadie en la entrada mas la puerta estaba abierta, sabía bien que había llegado con retraso, camina con rapidez, debía buscar primeramente la oficina

del director, tenía que entregarle unos documentos enviados por su padre en un sellado sobre manila. Al entrar a la institución, este siente un leve malestar estomacal, sus nervios estaban a tope, no era una persona tímida, mas le incomodaba llamar la atención. Cerca de una de las jardineras al lado de lo que parecía ser una plaza, donde seguramente se celebran los eventos especiales, había un hombre de edad avanzada, su cabello era en su mayoría cano, sus ojos estaban entrecerrados como si le costara mantenerlos abiertos, este se limpiaba el sudor con un pañuelo rojo.
"como puede sudar con tanto frío" pensó Cristian mientras se acercaba.
-disculpe- llamó este, el hombre rociaba las plantas con delicadeza. Tardó un par de segundos en atender.
-¿si?
-¿me podría decir donde está la dirección?
-claro- respondió humedeciendo sus labios -¿ves ese edificio que está ahí? - preguntó tomando a Cristián del hombro, este asintió -ahí es control escolar, ahí te pueden decir- finalizó volviendo a su trabajo, Cristián sonríe alzando ambas cejas, control escolar era el primer edificio y se podía ver desde la entrada, el sujeto vuelve a su trabajo ignorándolo.
"viejo amargo" pensó mientras se acercaba al edificio. Una mujer de cara redonda y gruesos lentes graduados era quien atendía, había una reja que cubría la ventanilla que dejaba escapar un poco del aire acondicionado.
-buenos días- saludó este, la mujer, que se encontraba acomodando diversos papeles, subió la mirada hacia el mismo con una fingida amabilidad.
-¿si? ¿en que te puedo ayudar?
-¿dónde está la oficina del director?

-en el edificio grande de acá atrás- respondió la mujer señalando con su pulgar al tiempo que baja la mirada para continuar su organización.
-gracias- exclamó sin respuesta Cristián.
"no vuelvo a preguntarle nada a nadie"
Al llegar a tal edificio, este se introduce en la primer oficina que ve, la cual era atendida por una hermosa recepcionista con una jovial y amable actitud.
-¿buscas al director?- cuestionó al verlo parado y desubicado en la puerta.
-¿esta es su oficina? Es que acabo de llegar... Soy nuevo y tengo que entregarle unos papeles.
La recepcionista se levantó amablemente y se dirigió hacia la puerta de al lado, esta la abre comunicando al director de su llegada, se dejan escuchar un par de balbuceos, la amable recepcionista hace un gesto con su mano para que Cristián se introduzca a la oficina.
-gracias- dijo este, la recepcionista sonrió mientras se sentaba de nuevo. Al entrar cierra la puerta, el director se mantenía de pié.
-hola- saludó este alargando su mano. Cristián lo saluda de igual forma -toma asiento.
El nombre del director de la institución era Oscar Samaniego, un hombre bajito de mostacho delgado y poco poblado, tenía una prominente calvicie que no intentaba ocultar, su ropa era anticuada pero muy elegante; su oficina era un lugar rústico, lleno de libros y papeles, tenía un ordenador de pantalla plana, algo raro en una persona que está perdiendo el cabello y parecía vivir solo entre libros; había un águila esculpida en madera usada como pisapapeles, los diferentes artículos de oficina tenían una limpieza que hasta al mismo Cristián sorprendían, al pasar con discreción su mirada

acreedor de la oficina, llama su atención el torso de un maniquí de anatomía el cual tenía todos sus componentes, se veía fuera de lugar, a pesar de ser la oficina de un director de preparatoria. El Señor Samaniego acomoda los papeles en su amplio y limpio escritorio.
-así que tu eres Cristián ¿eh?- señaló entrelazando sus dedos encima de los papeles.
-si, vengo tarde porque acabo de llegar y no conozco la ciudad.
-no te preocupes- dijo sonriendo con sus blanquecidos dientes –se ve que eres muy sano.
Cristián se extrañó.
-lo soy.
-que bueno, nos gusta tener alumnos sanos y muy estudiosos, nada de vicios, por qué no eres vicioso ¿verdad?
-no señor, no me gusta nada que me altere mi cuerpo ni mi mente- Cristián sintió un leve malestar en su estómago.
-tu padre parecía muy interesado en que estudiaras aquí, y con gusto te recibimos, siempre y cuando te empeñes y seas una persona que valga la pena, en muy pocas ocasiones hacemos cambios tan repentinos y aceptamos a un alumno nuevo cuando las clases ya han empezado, pero tu padre estudió aquí y se de buena fuente que fue uno de los alumnos mas brillantes, así que no hay problema.
-que bien- añadió Cristián frunciendo levemente el ceños, su cambio no había sido tan repentino, según su padre desde hacia tiempo se habían arreglado, lo repentino era solamente el que Cristián haya aceptado.
-bueno, no te quito mas tu tiempo, mejor vamos a la que será tu aula, las clases ya han empezado.

-no necesito firmar nada o que me firmen algo.
-no, no- respondió con rapidez el director -tus papeles ya están arreglados, esta es solamente información extra que necesitaba- señaló levantando el sobre.
-¿qué información?
-pues...- el director vaciló un poco en responder -tus notas, como ha sido tu evolución educativo y demás.
El mismo director lo escolta hacia su nuevo salón para presentarlo a sus compañeros. Caminan por un largo pasillo, hasta llegar un aula resguardada por una puerta roja, la cuál tenía un letrero que decía con letras negras "Matemáticas B" el director Samaniego toca abriendo después la puerta interrumpiendo la clase del profesor Ramírez.
-profesor, si me disculpa un momento- llamó el director desde la puerta.
-si como no- atendió este dejando sus plumones en el borde del pizarrón. El director hace pasar a Cristián quien deja notar en su rostro algo de incomodidad pues es observado por los alumnos.
-el es Cristián, es un nuevo alumno.
-que bien- exclamó el profesor Ramírez con indiferencia.
-bueno, con permiso- se despidió el director de la clase cerrando la puerta.
"una insípida despedida para una bienvenida tan amable" pensó Cristián.
-la clase ya tiene tiempo de haber empezado- exclamó el profesor Ramírez un poco molesto observando su elegante reloj.
-se me hizo tarde.
-no me digas- expresó -¿cómo te llamas? y ¿de donde eres?- cuestionó en voz, acción que no agradó mucho al nuevo alumno.

-ah, mi nombre es Cristián...- respondió -y soy de Zihuatanejo.
-excelente, un costeño- exclamó en voz baja uno de los alumnos mas extrovertidos de la clase, con una arrogante actitud.
-¿tienes algo que compartir con nosotros Diego?- cuestionó el profesor Ramírez entrecruzando sus brazos.
-no- contestó sonriendo cínicamente mientras hacia garabatos en su libreta.
-¿de que costa de Zihuatanejo eres Cristián?
-de la Costa Grande.
-¿Costa Grande? he estado ahí, es un bonito lugar, tierra de mujeres- sonrió el profesor Ramírez, Cristián solo asentía con la cabeza -bueno Cristián de Costa Grande, el horario de llegada es a las siete en punto, yo solo dejo un margen de cinco minutos, pasados esos cinco minutos nadie entra, ¿está bien?- indicó.
-está bien, no volverá a pasar- contestó un poco intimidado, el profesor le pide su nombre completo para integrarlo a la lista de sus nuevos compañeros y sugiere que pida en control escolar su horario de clases. -bueno Cristián, te puedes sentar.
Al dirigirse a su banco este pasa cerca de Diego, quien lo observa fijamente con una arrogante actitud, Cristián lo ignora y se acomoda en su banco sacando de inmediato un cuaderno de un intenso color morado. No había mucha diferencia entre sus nuevos compañeros y los anteriores, estaban todos los clichés que un salón de clase requiere, los cuales podía apreciar a simple vista, aunque no le gustaba ser prejuicioso, sabía que algunas cosas no se pueden evitar.
"¿en que grupo encajaré yo?" se cuestionó observando alrededor. Unas horas mas tarde, se encontraba solitario

leyendo un libro sobre cuentos de suspenso mientras tomaba un jugo, tenía intenciones de socializar pero sentía que le faltaba confianza, además que le importaba poco conocer gente el primer día. Al dar el último sorbo a su bebida este lanza la botella hacia un contenedor de basura, al hacerlo, se da cuenta de que es observado por un par de muchachitas que sonreían entre si y murmuraban, reconoce a una de ellas, pero indiferente, este continua su lectura.
Al término del primer día de clases, este sale de la escuela solo, no había hecho amigos, sabía bien que debía, pero se sentía raro, solamente observa los rostros de sus compañeros de clase, los cuales eran los únicos rostros que conocía, sale de la institución en busca de un cajero automático, camina un par de calles sin alejarse demasiado de la escuela, que era su único punto de ubicación, hasta encentrar un local comercial al lado de una cafetería, en el cual había un cajero automático, se introduce aun portando su pequeño suéter, en el interior había algunos alumnos de la escuela, sin levantar la mirada solo se concentra en verificar su cuenta. *"¿Qué?"* exclamó en sus adentros al ver la cantidad de dinero en su cuenta *"¿cinco mil pesos? ...ojalá y sean cinco mil a la quincena porque esto no me va a durar mucho"* la cuenta bancaria de este y sus hermanos era controlada estrictamente por sus padres, tanto su número de cuenta, como sus ahorros y sus números confidenciales. Saca todo el efectivo, lo guarda en su cartera y sale ante la obvia e incómoda mirada de los alumnos, sigue el camino tomando de nueva cuenta un taxi. Llega a su casa algo desganado, su nuevo estilo de vida no le agradaba en lo absoluto, camina lento hacia la entrada y abre la puerta de la cerca quitando primeramente el grueso candado, al

cerrarla, este da un vistazo a la casa de Dolores, dentro de la cochera, la cuál mantenía su puerta abierta, había una camioneta *Escalade* negra. Cristián no le toma importancia, coloca el seguro de la puerta y guarda el candado en su bolsillo, le parecía absurdo tener que abrir y cerrar el candado cada vez que entraba. Al estar en el interior, lanza su mochila a uno de los viejos sillones y se sienta estirando sus extremidades.
-ah... que flojera tener que hacerme comida- exclamó con un rostro retorcido al tiempo que se talla sus ojos con los nudillos, se queda durante unos segundos observando el techo pero, al cabo de unos segundos, se levanta y enciende el viejo radio sin importarle la estación, va hacia la cocina para ver que puede preparar, en la estación de radio había un programa sobre las religiones del mundo, la palabra la tenía un locutor de cálida voz, quien relataba lo siguiente.
"...la religión se basa en la fe, eso es lo que le da vida y fuerza...
-espera- interrumpió una segunda voz, que a diferencia de la primera sonaba mas gruesa -ahí estas mal, la religión no se basa en la fe, se basa en el miedo, y gracias a eso, la religión controla el mundo.
-la religión no controla- exclamó con algo de molestia el primero- la religión guía, no se basa en el miedo, se basa en la fe.
-la religión no solo controla, manipula, solo sirve para crear problemas..."
Cristián se regresa para cambiar de estación; gira el botón al azar, después de buscar un rato se topa con una canción de su agrado, una mezcla de sonidos electrónicos y alternativos, sonríe al escucharla se levanta y va de nuevo a la cocina. Cristián es un muchacho acostumbrado a no

hacer nada por su propia cuenta, mas que la limpieza de su cuarto, la cocina era un lugar mas desconocido que el lugar donde vivía, se le dificultaban sobre todo los detalles. Saca una lata de atún pero se detiene al ver alrededor.
"para que voy a comer aquí, no voy a usar esos trastes viejos y oxidados, solo que me coma el atún solo y en la lata" pensaba *"aunque no estaría mal"*
Este decide salir a comer a la calle, además de satisfacer su hambre, le serviría para conocer el lugar y comprar algunos utensilios de cocina. Deja su suéter en el sillón tomando el candado y sale, este deja todo bien cerrado, era molesto pero mas molesto sería que se metieran a robar. Dolores, por su parte, platicaba con su novio Diego, uno de los nuevos compañeros de Cristián, en el interior de la camioneta en la cochera.
-...te digo, mejor vámonos de aquí- señaló Dolores que vestía una minifalda suelta color negro que resaltaba sus rosadas piernas y una muy escotada blusa verde, Dolores no era muy delgada, pero no le importaba, sabía como presumir y sacar ventaja de sus curvas aunque esto implicara verse aun mayor, a sus veinte años sabía ser toda una mujer.
-no lo se -respondió Diego soltando una bocanada de humo, estaba recostado en el asiento de conductor, entre sus dedos sostenía un improvisado cigarrillo de marihuana.
-no tienes por que dudarlo, viviríamos juntos, ¿o que? ¿no quieres vivir conmigo?- insistió acariciándole el cabello.
-no es eso… es que...
-¿No te atreves a robarle a tu papá?- interrumpió -como si fuera la primera vez.

-claro que si, podría hasta matar al imbécil- contestó con molestia al tiempo que se reincorpora en el asiento.
-¿entonces?
Diego vuelve su cabeza hacia Dolores con unos entrecerrados y enrojecidos ojos.
-no hagas eso bebé, no trates de sonsacarme- señaló seriamente mientras lanzaba hacia fuera las sobras de su improvisado cigarrillo.
-no te estoy sonsacando, solo te digo lo que nos conviene mas.
-¿para ti o para mi?- preguntó viendo los verdes ojos de su novia al tiempo que prepara un nuevo cigarrillo.
-para los dos... ¿vas a fumarte otro?- cuestionó con desagrado, Diego asiente mientras saca una bolsa con marihuana, pasa su lengua sobre un pedazo de papel que saca de la guantera, envuelve la hierba en su interior y lo enciende.
-…lo voy a pensar- exclamó .
-no hay nada que pensar Diego.
-si lo hay- jadeó este –el "ruco" tiene muchos amigos y si desaparezco con su dinero, me va a buscar hasta encontrarme... Hasta encontrarnos.
-me arriesgaría, no me importa- exclamó esta reacomodándose en su asiento observando sus uñas.
-eres muy ingenua.
-y tu muy cobarde- señaló –hablas de tu padre como si fuera el líder del cartel de Tijuana.
-pues casi lo es.
-entonces si le tienes miedo- insistió Dolores -¿qué te puede hacer? Eres su hijo, no te va a matar.
Diego se incorpora en su asiento aventando su cigarrillo por la ventana.
-ya me tengo que ir.

-¿ya?- cuestionó Dolores extrañada.
-si, se me hace tarde.
-no fue por lo que dije ¿o si?
-no, no fue por eso, tengo que irme a trabajar.
-¿a trabajar? ¿tu?- cuestionó admirada con una pequeña sonrisa.
-tu sabes lo que quiero decir preciosa- contestó sonriendo.
-bueno, si te quieres ir, pues vete.
-dame un beso.
Dolores observa a su novio mientras este acomoda sus labios para recibir el beso.
-prométeme que lo vas a pensar.
-no te prometo nada- exclamó Diego ante la molesta mirada de Dolores, se despide dándole un gran beso en los labios, baja del auto y este sale de su cochera, lo observa alejarse mientras recoge los distintos cigarrillos de marihuana a medio consumir que hay en el suelo, sale de la cochera también y los deshecha en el bote de sus vecinos. Al entrar por la puerta principal a su casa, Dolores se encamina hacia la cocina para lavarse las manos.
-ese olor no se quita- exclamó enjuagándolas con mas fuerza.
-se fue mas temprano- dijo una voz detrás de esta.
Dolores alza la mirada al reconocer la voz.
-tenía que ir a trabajar- señaló esta, seca sus manos y da la vuelta observando a Raúl. Quien sonreía moviendo su cabeza a los lados.
-ese no sabe trabajar.
Dolores baja la mirada observando sus manos. Queda en silencio unos segundos.

-ya tenemos vecino enfrente- señaló alzando la mirada de nuevo.
-lo se... ¿ya sabes que hacer?
Dolores asiente con la cabeza sonriendo a medias.
-lo que hago mejor.
Raúl baja la mirada con una leve molestia.
-esta es la última vez que hago esto, ya lo decidí- señaló Dolores con una voz baja.
-¿la última vez?- se extrañó.
-no quiero hacer esto por siempre Raúl, tarde o temprano nos...
-no nos va a pasar nada, te lo prometo... Nunca nos ha pasado nada y no nos pasará nada ahora- Dolores revisaba sus uñas.
-quiero una familia.
-¿una familia?- se extrañó Raúl -no estarás pensando en esto por ese Leobardo ¿o si?
-¿qué tiene de malo? Solo quiero una familia y Leobardo no es tu problema.
-lo es cuando tiene que ver contigo... No quiero que vuelvas a vivir lo mismo otra vez.
-no quiero hablar de eso... solo quiero una familia y ser feliz...
-¿no eres feliz?
-no viviendo de esto.
-antes era mejor, cuando éramos solo tu y yo.
-pero ya no estamos solos, entiende.
Raúl queda en silencio, da unos pasos y se sienta en unos de los bancos cerca de la barra.
-¿qué piensas hacer con Diego? Crees que le vas a sacar dinero solo por...
-estoy en eso.
-¿cómo puedes pensar en Leobardo y estar con Diego?

-no necesitas preguntar eso, sabes la razón. Diego es solo mi carta de salida y si no te gusta, no me importa... Diego será entonces un problema personal... Contigo o sin ti lo haré, pero sabes bien que nos conviene mas hacerlo juntos y entre mas rápido mejor... Leo, el es diferente.
-no comparto tu idea de querer una familia... Pero tu vida es tu vida y puedes hacer con ella lo que quieras.
Dolores sonríe alargando un suspiro y se acerca a Raúl, esta le acaricia el rostro mientras este la observa con seriedad.
-gracias por ser como eres... No se que hubiera hecho sin ti, pero tenemos que ser serios de ahora en adelante ¿está bien?- Raúl asiente acariciándole las manos, Dolores le da un beso en la frente y se aleja, este admira su cuerpo al caminar regresando su mirada de inmediato.
-voy a preparar café- señaló este -tengo ganas de ir al baño- dijo en voz baja.
Mientras tanto, Cristián, al no haber encontrado ningún lugar donde comer, se acerca a una señora que caminaba en dirección opuesta, cargaba varias bolsas de víveres y en su rostro se marcaba un notable cansancio.
-disculpe.
-si- atendió amablemente la mujer- deteniéndose para bajar los víveres, acción que le permite descansar.
-sabe donde puedo encontrar un restaurante.
-uuuuuy mijo, el mas cerca está bien lejos- dijo esta con un pronunciado acento.
-¿o cualquier lugar donde pueda comer?
-mira, vete por aquí derecho- indicó la mujer con sus manos -como a dos cuadras doblas a la derecha, en la esquina hay una fonda, hacen muy buena comida ahí, te va a gustar.
-bueno, gracias.

Cristián sigue las indicaciones caminando con tranquilidad, se sentía un poco sofocado y cansado, no estaba acostumbrado a largas caminatas, aunque gustaba de la comida sana la falta de ejercicio en su rutina diaria era evidente, deseaba haber tomado un taxi; al encontrar la fonda, este se introduce de inmediato, se sienta en una de las mesas de afuera, en una pequeña terraza, pide una ensalada y un jugo de naranja. El lugar estaba al aire libre, fresco y con una pequeña vista al barrio, era un lugar tranquilo y agradable. En el momento en que recibe su orden, este se dispone a comerla mientras observa a las personas pasar, comía con calma, apreciaba el lugar como un típico fuereño, observaba los diversos locales, sobre todo, le llamaba la atención la gran cantidad de tiendas que se dedicaban a la venta de artículos de segunda mano. *"no es tan diferente"* pensó. Se podían ver niños cruzando la calle tomados de la mano de sus protectores padres, adolescentes de secundaria caminando por la calle al tiempo que agitaban sus manos entonando una canción estilo *"rap"* moderno, Cristián hace un gesto de desagrado en su boca al verlos pasar, en su escuela anterior había sido objeto de burlas por parte de sus compañeros, sobre todo en el sentido de gustos musicales y modos de vestir; zona muy marcada y delimitada en los tiempos modernos en los que se debe adoptar un género musical para desarrollar una forma de vestir y determinar un *status* social. A pesar de que a Cristián le parecía absurdo, estaba delimitado socialmente por su voluntad a ser parte de las nuevas tendencias. Al término de su comida, Cristián se queda un rato reposando el alimento, observa todo mientras muerde levemente un palillo. Después de unos minutos, paga su comida y toma un taxi de regreso a su casa.

"se me va a acabar el dinero en taxis" pensó. Estuvo toda la tarde solo en su casa, escuchando la aburrida programación de la radio, mientras limpiaba los gabinetes de la cocina y el baño de abajo, así no lo utilizara pues estaba aún mas descuidado que el baño del cuarto principal, sabía que vendrían a visitarlo y no quería dar una mala impresión. Su casa no podía estar mas limpia y olorosa, pero a Cristián le incomodaba los pequeños detalles como grietas en la pared, golpecitos en los muebles o la pintura opaca que hacía ver la casa sin vida, respiraba profundo y al tiempo que habría y cerraba sus manos y exhalaba dejando salir su tensión.
"está limpio" se repetía.
Sube los escalones hasta llegar al cuarto que ocupaba, enciende su *laptop* para buscar un juego con el cual entretenerse, dentro de la misma guardaba imágenes de momentos memorables en su vida, vacaciones con su familia, fiestas, andanzas con sus amigos, fotos en la escuela y demás, en esta colección no tenía ni una sola foto con su padre. Después de aburrirse de los tediosos juegos, este saca su libro de cuentos, el cual guardaba dentro de su mochila, también esperaba la visita de Dolores, a cada instante viraba su cabeza hacia la puerta deseando verla entrar.
"extraño Internet" pensó. *"pero que flojera salir a buscar algún local"*
En eso, se deja escuchar un leve maullido, baja el volumen de la radio y se levanta.
–ahora solo falta que un gato viva aquí- exclamó, deja el libro sobre el sillón y camina hacia el sonido, era de afuera, cerca, se dirige hacia la puerta trasera y sale hasta toparse con un mugroso gato, el cual se mantenía sentado cerca de la puerta observando hacia el interior; el rostro

del animal denotaba que había sufrido varias peleas y golpes, estaba flaco, su pelaje era de un color entre grisáceo y café, sus ojos eran tristes y reflejaban un hambre que había tenido que soportar desde hace bastante tiempo, Cristián toma un palo que estaba recargado en la pared y ahuyenta al animal, el cual corre temeroso a recibir un nuevo golpe y tatuarse una nueva cicatriz, después de ver al felino saltar la barda, Cristián deja el palo y cierra la puerta.

Al llegar la noche, Cristián no sabía que hacer, consideraba comprarse un televisor.

"sin cable o satélite, una televisor no es mas que una caja" pensaba. Este toma su celular para mandar un mensaje a Isaías:

"me estoy muriendo de aburrimiento, cuéntame algo"

Cristián dejó el celular en la cama, sabía que si le hablaba a su amigo su saldo se agotaría con mucha rapidez y aun no sabía cuanto dinero recibiría. Saca de su mochila un reproductor de mp3 oscuro, en el cual albergaba cientos de sus canciones favoritas. Se coloca sus audífonos y lo enciende. Sube los escalones y se recuesta en su cama quedando dormido al poco tiempo.

V

El sol destellaba a lo alto iluminando un nuevo día, Cristián caminaba hacia el edificio principal mientras revisaba una copia de papel en la cual estaba su horario de clases, la había solicitado a la desagradable mujer de control escolar el día anterior, alza la mirada y logra ver a lo lejos a Diego, quien se encontraba al lado de la cerca platicando con un sospechoso sujeto que aparentaba ser mucho mayor, este le entrega, lo que parece ser, una diminuta bolsa oscura la cual guarda con disimulo en su mochila. Cristián regresa su mirada atendiendo de nuevo el horario, su siguiente clase era de Ética. La clase era un tanto tediosa, y la voz del profesor era mucho más, Cristián, después de tomar apuntes, solía hacer garabatos al final de su libreta ignorando las explicaciones del concentrado profesor, dibujaba diferentes formas tribales, algunas con simetría como telarañas, otras simplemente indescifrables, sus colores incluían el negro y el rojo de una pluma de punto fino, la cual utilizaba solamente para dibujar, nunca para escribir. Su compañera de al lado, Sonia, lo observaba desde su entrada al salón, Cristián siente su incómoda mirada encima. Vuelve su mirada hacia ella recibiendo una condescendiente sonrisa, la cuál regresa a medias, sus párpados tenían un opaco color púrpura, su rostro se veía liso como muñeca de porcelana,

tenía sus mejillas rosadas y un par de hoyuelos en ambos lados de su boca. Cristián cierra su cuaderno para poner atención la clase.
La hora de receso estaba encima, sale del salón de Historia Universal sin hablar con nadie, le agradaba que en su clase siempre participaran las mismas personas, una muchacha rellenita de dorados cabellos y verdes ojos, bajita y muy simpática, pero demasiado pretenciosa, Aleida era su nombre.
"gorda pretenciosa" pensaba Cristián cada vez que esta levantaba su mano con un orgullo sonriente.
Sus compañeros llevan sus mochilas y las dejan en el salón de la siguiente clase, Ciencias Políticas excepto Cristián, quien, acostumbrado a ser blanco de bromas pesadas en su anterior escuela, mantenía sus cosas personales siempre cerca.
"voy a ir a la cafetería" pensó *"espero que tengan algo sano para comer"*
La cafetería pocas veces estaba llena, la mayoría de los alumnos salían de la institución para comer afuera cualquier cosa, fumar escondidos o simplemente para platicar chistes y anécdotas, algo común en toda preparatoria. Sentía un poco de nervios, a pesar de no estar en medio de incómoda marea de ojos curiosos que analizan cada centímetro de su cuerpo. Algo que detestaba, sobre todo, las veces que salía al cine con sus amigos.
Compra un jugo de naranja y un emparedado de jamón, el cuál estaba envuelto en papel celofán, busca un asiento libre afuera para estar al aire libre. Saca de su mochila su libro de cuentos y empieza a leerlo, mantenía su emparedado cerca, tenía hambre mas no quería comer,

actitud usual en este, que se negaba a comer para no engordar, pero terminaba comiendo lentamente.
Pasados los minutos, Cristián observa el emparedado regresando la mirada al libro de nuevo.
"¿te quieres volver anémico o que?" se preguntaba mentalmente, siempre se hacía esta pregunta justificando inconscientemente su necesidad de comer, aunque al término de cada comida pensaba: *"debo comer menos"*
Era un desorden psicológico del cual Cristián nunca hablaba, con nadie, ni siquiera su madre. Deseaba mantenerse delgado pero no quería pasar hambre, pensaba que, además de demostrarle a su padre que es una persona que merece su respeto, tal vez viviendo solo podría organizar su forma de pensar, toma el emparedado y cuidadosamente quita el papel celofán. En eso Dolores se acerca sentándose frente a este, lucía un poco mas jovial que el día anterior. -hola- saludó, admirado al verla, sonríe levemente notando que vestía ropa casual y no el obligado uniforme –así que aquí es donde estudias.
-si, así es, ¿tu también estudias aquí?- cuestionó envolviendo de nuevo el emparedado, este agarra su jugo y lo agita despacio, Dolores se sienta frente a él.
-creo que si- respondió sonriendo.
-pregunta estúpida- señaló Cristián -aunque no traes uniforme- dijo con un tono de duda al tiempo que abría la botella y daba un sorbo sintiendo como su estómago recibía gustoso la bebida.
-tengo influencias- aclaró observándolo -¿Qué lees?- Cristián levanta el libro enseñando su oscura portada -¿cuentos de terror?- cuestionó Dolores con decepción -el mundo es un lugar bastante salvaje y loco, ¿para que quieres miedo extra?- este sonríe bajando el libro -¿crees en fantasmas?

-la verdad no- respondió alzando sus cejas en un gesto intelectual.
-entonces... ¿por qué lees esos?- cuestionó señalando el libro.
-no lo se... Creo que porque es ficción, me gusta el entretenimiento que no este relacionado con la realidad, fantasías, metáforas, fábulas y cosas por el estilo, ficción como la Biblia.
Dolores frunce el ceño.
-¿ficción? ¿no crees en Dios?- cuestionó esta en un tono escéptico.
-creo en lo que veo- respondió Cristián volviendo su mirada alrededor.
-¿y que ves?
-muchas cosas.
-si no crees en Dios ¿qué crees que pasará cuando te mueras?
Cristián la observa unos segundos con una pequeña sonrisa.
-moriré... Y ya, pero no me gusta hablar de esas cosas, es un tema...- agita su cabeza desganado -...muy complejo y aburrido.
Dolores niega con su cabeza sonriendo sin abrir sus labios.
-¿por qué no te comes eso?- señaló el emparedado.
-no se, se me quitó el hambre- mintió deseando tragarlo de un bocado.
-deberías comer, estas muy pálido.
-es mi color natural.
-solo si eres albino.
Cristián sonrió acomodando su libro en la mochila.
"¿por qué demonios le sonríes tanto estúpido?" analizaba mientras desvanecía su sonrisa lentamente.

-es que es de jamón... No tenían de atún.
-¿no comes jamón?- cuestionó alzando ambas cejas con una mirada incrédula.
-si, pero no en el desayuno... Bueno, no acostumbro a desayunar cosas pesadas.
-has de ser una persona de ideas únicas ¿no?- señaló, Cristián da un nuevo sorbo a su bebida, sentía como despacio su cuerpo absorbía los nutrientes que necesitaba, esta pasa saliva después de haber pasado su jugo, su boca se llenaba de la misma al observar el emparedado, su pretexto sobre el jamón era estúpido y lo sabía, mas no quería comerlo frente a Dolores.
Diego caminaba cerca del lugar junto a un par de amigos, la actitud de estos era visiblemente arrogante, mantenían sus camisas desfajadas y una mirada intimidante acentuando sus movimientos corporales al estilo pandillas americanas. Al ver a Cristián junto con Dolores, este irrumpe en la mesa y se sienta irrespetuosamente a un lado de Dolores, quien lo había observado con discreción desde lejos, este planta un repentino beso en la boca. Sus amigos se meten a la cafetería.
-¿qué haces aquí?- cuestionó Diego, Cristián lo observa extrañado, Dolores es físicamente mayor que Diego y al parecer, también mas madura.
-nada, solo platico... ¿no me digas que acabas de fumar marihuana?- señaló Dolores alzando su nariz.
-si quieres dilo mas fuerte, creo que no te escuchó Samaniego... ¿quien es este?- cuestionó virando su vista a Cristián mientras pasaba su lengua por sus labios entrecerrando sus ojos.
-es un amigo.
-a si, y es un amigo que yo no conocía.
-nos acabamos de conocer- interpuso Cristián.

-¿y a ti quien chingados te metió en mi platica? ¿eh?- preguntó Diego déspotamente y con una frívola mirada.
-no le hables así, no le hagas caso- señaló sonriendo a Cristián -¿estas celoso?- cuestionó con una admirada burla.
-nop... Pero quiero saber cuando lo conociste.
-hace poco, es mi nuevo vecino, vive frente a mi casa.
-vecino de enfrente ¿eh?- se admiró
-si, eso fue lo que dije- Dolores abre su bolso exhalando con molestia.
-solo estamos platicando no es para que te pongas así- señaló Cristián.
-¿que no entiendes que yo no estoy hablando contigo?- imperó Diego con mas seriedad, Dolores se admira de la prepotente actitud de su novio.
-eres increíble Diego, cada vez me sorprenden mas las pendejadas que me reclamas, ya eres un vicioso inútil, me gustaría traer un espejo para que pudieras ver tu patética cara.
-yo siempre me veo guapo- sonrió con un marcado cinismo.
-bueno Cristián, mejor me voy, te veo al rato- se despidió levantándose.
-¿a donde vas?- preguntó Diego al verla decidida a alejarse.
-cuando se te pase hablamos.
-¿cuando se me pase que? Dolores ven acá...
Esta lo ignora y se aleja, Diego, se queda sentado frente a Cristián, quien baja la mirada intimidado.
-no deberías tratarla así- opinó Cristián con un cálido tono. Diego, al escucharlo, lo ve con un intenso e irracional coraje, se encamina hacia el con una

intimidante lentitud y se planta nuevamente en la silla mirándolo con unos ojos rojos y desorbitados.
-solo te voy a decir una cosa costeño- advirtió alzando su dedo índice.
-¿que cosa?- preguntó Cristián escéptico.
Diego avienta la mesa hacia un lado tirando todas las cosas de Cristián, se abalanza sobre el y lo toma del cuello.
-¡esa morra es mía cabrón, si te vuelvo a ver cerca de ella te voy a quitar los huevos de un navajazo! ¡¿entendiste?! ¡¿eh?! -s-si- contesta difícilmente Cristián.
-¡pues mas te vale pendejo!, ¡por que a mi no me andas con chingaderas!- Diego suelta a Cristián arrojándolo hacia el suelo, este queda sofocado y atontado ante la mirada de asombro de los demás estudiantes -¡pendejo!- expresó -¡quien chingados crees que soy!- se aleja caminando con ufanía mientras su dos amigos lo siguen sonrientes al tiempo que llevan a su boca frituras de papa llenas de salsa picante.
Cristián se incorpora nuevamente y empieza a recoger sus cosas, nadie le ayuda mas todos lo observan con una mirada de burla mientras murmuran. Recoge sus cosas sin ayuda de nadie, sus manos temblorosas apenas logran agarrar las cosas de suelo, al lado estaba regado el emparedado, este lo observa sintiendo como su estómago le reclama. La campana suena con fuerza y la mayoría se retira para regresar a clases, Cristián aun sorprendido, toma sus cosas y sale de la escuela ya que la puerta de la misma se mantenía siempre abierta, no quería regresar al salón. Al salir de la institución, este camina por la banqueta presuroso.
-hey- llamó una voz con un hosco tono, esta provenía de un vehículo estacionado cerca, un deportivo color blanco,

la puerta del mismo se abre dejando mostrarse al conductor -¿qué le hiciste?- cuestionó el mismo, era un sujeto alto y musculoso, su cabello se mantenía relamido hacia atrás. Cristián se detiene observándolo con poca confianza.
-nada- respondió para retomar de nuevo su andar.
-por lo mismo a mi también me cae mal ese imbécil- exclamó el sujeto. Cristián se detiene de nuevo y voltea a verlo, el sujeto sale del auto y saca una caja de cigarrillos -se cree el dueño del lugar- este alarga la caja a Cristián quien niega observando su vestuario.
"fachoso" pensó.
El holgado atuendo del misterioso sujeto parecía tener bastante historia, estaba opaco y maltratado, sobre todo su franela verde, sus vaqueros se miraban mas decentes pero igualmente desteñidos. Su delgado cuello delineaba su mandíbula, la cual cubría con una delineada barba, era moreno, portaba unos lentes oscuros demasiado nuevos que no coincidían con su envejecido vestuario.
-no se porque se puso así, no le hice nada- dijo torciendo sus manos hacia arriba y hacia atrás para sujetar los tirantes de su mochila.
-está loco, pero es pendejo- enciende un cigarrillo -me llamo Leobardo ¿y tu?
-Cristián- respondió con poca confianza.
-Cristián- se admiró este mirándolo con sarcasmo, en eso, un amigo de este aparece cargando una bolsa, saca una cerveza y le da otra a Leobardo.
-hey- saludó a Cristián quien le devuelve extrañado el saludo con la cabeza. Lo admira igualmente por su atuendo, el cuál no estaba para nada desteñido, en ese aspecto, el sujeto parecía ser mas vanidoso, portaba una camiseta azul sin logo y un pantalón de caqui de tela.

-Diego lo quiso golpear hace rato- comentó Leobardo sonriendo.
-¿ah si? Y eso ¿por qué?- cuestionó dando un sorbo a su cerveza, Cristián frunce el ceño.
-ya me tengo que ir- señaló dando la vuelta.
-no le tengas miedo- señaló Leobardo -si le demuestras eso te va a estar molestando todos los días... Ignóralo, mándalo a la fregada.
-tengo cosas que hacer- comentó volviendo su mirada hacia estos.
-pues... Allá tu, yo solo te digo que si no quieres que ese péndelo te siga molestando, no les des alas, porque se va a aprovechar.
-lo voy a intentar... gracias- finalizó Cristián quien sigue su camino, Leobardo observa como este se aleja y niega con la cabeza.
-el segundo día y ya tengo problemas- renegó Cristián mientras caminaba, de inmediato saca su celular y marca a casa de sus padres, continua su camino esperando el tono, mientras busca un taxi, este no obtiene respuesta y guarda su celular.
-¿cómo se llama?- cuestionó el amigo recargándose en el auto de Leobardo.
-Cristián.
-¿ese es?
-yeap.
Dolores se acerca cargando su bolsa de mano.
-ya quedó- señaló esta.
-¿qué te dijo Samaniego?- cuestionó Leobardo dando un sorbo a su cerveza.
-nos van a pagar la mitad por adelantado, mañana por la mañana, dijo que entre mas rápido mejor- hace una pausa -ya no quiere verme en la escuela.

Leobardo sonríe lanzando una bocanada de humo.
-¿por lo de tu novio Diego?- Dolores vuelve su mirada rápidamente hacia Leobardo después observa la escuela - lo vi todo.
-no, y ese es mi problema, se lo que hago- señaló con seriedad, Leobardo la observa con sospecha durante unos segundos.
-acabamos de ver al plebe.
-¿y?
-no se que estas tramando... Solo espero que lo hagas bien, aquí no hay margen para el error.
-siempre me dices eso.
-porque tu nunca me escuchas.
-eso es porque yo nunca me equivoco- señaló dando la vuelta alejándose meneando su cadera, Leobardo lanza el cigarrillo al suelo y se introduce al auto.
-vámonos- ordenó, lanza el bote vacío al lado de la cerca de la escuela.

Horas después, ya entrada la tarde, Dolores se dirige a la casa de Cristián, esta portaba un "short" y una blusa rosa. Llega a la puerta y toca, espera unos segundos pero no obtiene respuesta.
-¡Cristián! ¿Estas ahí? ¡Soy yo Dolores! ¡Tu vecina!
Al no escuchar respuesta Dolores mueve la manija de la puerta la cual Cristián había dejado abierta, esta abre y se introduce lentamente.
-¿Cristián? ¿Dónde estás?- cuestiona mientras camina, en eso Cristián baja por los escalones con rapidez y torpeza, este se sorprende al ver a Dolores dentro de su casa.
-hola, que guapo- saludó Dolores. Cristián la mira algo nervioso, se encontraba con solamente unos *"shorts"* como vestimenta, su delgada y blanca figura parecía de

porcelana, tenía su torso delineado con delicadeza, demasiada para un varón -si quieres vengo mas tarde- sugirió al ver la impresión en su rostro.
-ah, no... Deja y me cambio, ahora vuelvo.
-esta bien.
Cristián se va hacia su cuarto, con un notable desagrado por la visita. Se coloca una camiseta y baja.
-¿quieres algo de tomar? Jugo, agua- ofreció amablemente.
-jugo por favor.
Este saca una gran botella del refrigerador y un par de vasos de plástico los cuales acababa de comprar.
-así que el de ahora era tu novio ¿eh?- cuestionó Cristián al tiempo que servía el líquido en los vasos.
-si, perdóname, el no era así, lo que pasa es se la pasa fumando hierba.
-¿marihuana?
-así es- se sienta en la pequeña y envejecida sala, a esta no parece importarle lo maltratado que están los sillones.
-no te preocupes- exclamó Cristián mientras se acerca con el par de vasos, entrega uno a Dolores.
-gracias- expresó al tomarlo -Diego está loco.
-y bastante- comentó Cristián plantándose en el sillón principal.
-el es muy peligroso- Cristián da un gran sorbo a su vaso.
-no parece- comentó sarcásticamente -pero... ¿que quieres decir con peligroso?
-es una persona muy extraña.
-¿y porque andas con el?- cuestionó relamiéndose el jugo al tiempo que acomoda su vaso en la mesita de centro, sobre la cuál había un anticuado bol vacío.
-porque... Lo quiero y mucho, pero Diego está cambiando demasiado, ya no es el mismo.

-las drogas cambian a las personas.
-es hijo de un narquillo, además tiene una pandilla y trafican droga, cocaína, marihuana y todo esa basura.
Cristián mira dudoso a Dolores.
"¿y a mi que me importa?"
-¿eso es verdad?- cuestionó.
-si, perdón por lo de ahora, no era mi intención.
-no te preocupes, no es tu culpa...- señaló cruzando sus piernas -¿porque no rompes la relación?
-no es tan fácil, Diego es de esos que se aferran a algo y no lo sueltan, y ahora está aferrado a mi, -cuando está drogado se comporta como un maniaco.
-el... ¿te ha golpeado?
Dolores levanta su mirada para bajarla de nuevo hacia el suelo.
-¿eso que tiene que ver?- cuestionó molesta tomando el vaso con ambas manos, sostiene sus codos sobre sus piernas.
-lo siento- señaló Cristián reacomodándose -no quería...
-un par de veces- interrumpió incómoda, Cristián la admira condescendiente.
-deberías ir con la policía, eso no es normal.
-si hago eso me va peor, ¿Qué podría hacer?
Cristián observa con sospecha a Dolores.
-en la mañana... no te veías como una víctima.
-¿Cómo una víctima? No entiendo.
-le contestaste.
Dolores baja su cabeza con molestia.
-vengo aquí porque me das confianza ¿y ahora sospechas? Abro mi corazón y doy una amable bienvenida, te ayudo a limpiar tu casa...
-perdón- interrumpió -solo que no me pareció normal, a como lo cuentas, no me pareció que le tuvieras miedo.

-no le tengo miedo, cuando se droga lo puedes insultar y no se acuerda, a como no recuerda lo que hace, en la escuela es mas fácil huirle porque ahí no me va a hacer nada, no frente a todo mundo.
Cristián ve como Dolores mantiene su cabeza agachada observando solamente el vaso, en sus ojos se veía que una lágrima estaba por salir.
-entonces… ¿no puedes hacer nada?- cuestionó Cristián - no entiendo como te metiste con el- señaló alargando su mano para tomar su jugo.
-el no era así, cuando lo conocí el era un muchacho muy amable, pero cuando empezó a consumir droga cambió y solo para mal.
-¿tu las consumes?
-¿por qué lo preguntas?
-por obvias razones.
-no, claro que no- renegó dando un sorbo.
-¿nunca?, eso se me hace algo difícil de creer- Dolores lo observa admirada, con disgusto. Se levanta y se dirige a la puerta, Cristián se levanta de igual forma adelantándose evitando así la salida -perdón, no quería que te molestaras, solo que... a veces hablo de más.
-no convives mucho con mujeres ¿verdad?- Cristián frunció el ceño ante la indirecta -si no creíste lo que dije allá tu.
-si lo creo, pero el no tiene nada que ver conmigo, si me dice algo por estar contigo, pues, tendré que hablar con el.
-si, hablar con el seria la mejor solución- dijo con sarcasmo -de todos modos me tengo que ir.
-¿ya?
-tengo cosas que hacer.
-no es cierto.

Dolores alza su mirada con una sonrisa admirada.
-no tengo porque mentirte- finalizó, sale rodeando el cuerpo de Cristián, el cual entorpecía su salida.
-¿vendrás mañana?
-tal vez- respondió sin mirar atrás, Cristián la observa alejarse, confundido cierra la puerta con lentitud colocando el seguro.
La noche estaba clara, la luna relucía en todo su esplendor, Raúl, Leobardo y Diego se encontraban en el interior de una pequeña casa a la cuál llamaban "la cueva" esta se localizaba en una alejada colonia, su interior estaba amueblado únicamente por un minibar y diferentes mesas y sobre estas, bolsas abiertas de cocaína y marihuana. Leobardo y Raúl, ambos cuatro años mayores que Diego, adulteraban la cocaína con pequeñas cucharadas de cualquier tipo de talco, entre mas suave mejor, Leobardo siempre tomaba una bolsa de cocaína sin alterar y la guardaba en su chaqueta sin que Diego se diera cuenta, Raúl solo lo miraba con una molestia usual, Diego por su parte sacaba cantidades iguales de marihuana para combinarlas con orégano en otras bolsas, al lado de este había varios cigarrillos improvisados sobre un cenicero, la lado del mismo había un singular revolver plateado con dibujos dorados y con la culata color perla sobre un pañuelo oscuro.
-hay que apurarnos- señaló Diego volviendo su cabeza hacia estos -ya van a dar las nueve y media.
Raúl termina de colocar un paquete encintado de cocaína en el interior de una mochila oscura, la cierra y la toma colgándola detrás de su hombro. Leobardo tenía sus lentes colocados sobre su cabello, este prende un cigarrillo alzando la cabeza ante el placer que esto le ocasiona, Diego cierra la mochila que se encontraba

frente a el observando fríamente a Leobardo, este la toma con una mano fuertemente, su fuerza se dejaba ver en su antebrazo, pues levanta pesas todos los días cada vez exigiéndose mas. Sale dejando atrás a Leobardo, quien cierra la puerta de la casa, Raúl se encontraba en el interior de la camioneta oscura sentado en el lado de pasajero, cosa que desagrada a Leobardo, este le hace una violenta seña para que cambie su lugar mientras se aproxima, Raúl baja dejando la puerta abierta y se sienta al lado de las mochilas. Diego maneja despacio, mas serio que de costumbre, concentrado con una mirada fría, no había música mas todos estaban acostumbrados al tenso ambiente de su trabajo. Después de manejar poco mas de media hora, estos se introducen a un callejón oscuro, Diego apaga las luces mientras avanza, al detener la camioneta este baja acomodando sutilmente su revolver, el cual portaba con discreción. Raúl baja cargando consigo las dos mochilas, todos se colocan frente a la camioneta iluminados por la luz de la luna. Leobardo se planta con una actitud altanera alzando la mirada mientras retuerce su boca, segundos después, otra camioneta se adentra al callejón por el lado contrario, estos apagan sus luces al detenerse, de la misma bajan cuatro misteriosos sujetos cuyos rostros no se logran distinguir.
-así que... Leo, ¿hace cuanto que me estas robando?- cuestionó Diego sacando su revolver, su mano se veía pequeña pero su brazo se mantenía firme.
-¿qué?- renegó Leobardo extrañado, este aprieta su mandíbula al ver el brillo del metal, mira una y otra vez a los sujetos y a Diego, quien lo observaba fijamente -¿de que estas hablando?
Diego sonríe y da un par de pasos hacia delante.

-creo que aquí el que necesita explicaciones soy yo- señaló deteniéndose.
-¿no crees que estas muy plebe para hablarme así?- dijo Leobardo intentando retomar confianza.
-no importa la edad cuando tienes un par de huevos muy grandes- exclamó Diego alzando el revolver hacia este, Raúl se mantenía distante, con una resignada actitud.
-no se que es lo que te dijeron Diego, pero es mentira.
Los misteriosos sujetos parecían congelados, observan la situación como un espectáculo privado al que ya estaban acostumbrados.
-¿por qué no lo admites?- cuestionó Diego -ya lo sé todo, solo quiero que lo admitas.
-¿qué cosa?
-no te lo voy a repetir.
-es mentira- señaló Leobardo dejándose dominar por los nervios -te lo juro que es mentira- alza ambas manos en señal de defensa.
-tenías razón- dijo Diego volviéndose hacia Raúl - aparenta ser muy rudo pero no es mas que una nena.
Leobardo mira a Raúl sorprendido mientras niega con la cabeza, Raúl baja la mirada. -mira... Te voy a explicar- dijo Leobardo pasando saliva con dificultad -estaba haciendo negocios por otro lado si... Pero no te estaba robando, solo... Solo estaba abriendo mas puertas para el negocio- Diego lo observa indiferente ante sus palabras - eso es todo.
-¿eso es todo?- sonrió Diego. Leobardo asiente nervioso con su cabeza.
El resplandor fugaz del revolver ilumina lo ancho del callejón, Leobardo cae inerte tras recibir el disparo en su cabeza, el eco del disparo hace que de inicio una molesta sesión de ladridos, caminaba por las calles y nadie sale a

ver que es lo que había pasado. Los misteriosos sujetos sacan una bolsa negra junto con algunas cuerdas, estos de inmediato empiezan a envolver el cuerpo ensangrentado de Leobardo, Diego deja el revolver en el suelo mientras Raúl coloca las dos mochilas en el suelo, este observa a uno de los sujetos con una sutil mirada y saca del bolsillo de Leobardo su celular. Ambos regresan a la camioneta encendiendo los faros de la misma hasta estar fuera del callejón, estos se alejan despacio y sin remordimientos.
Cristián se encontraba en la cocina preparándose un par de emparedados, no había comido nada en todo el día y debía sacrificar su costumbre de no cenar para poder dormir tranquilo.
"mañana me compro unos laxantes"
Abre el refrigerador, saca el jamón, tomates, lechuga y demás ingredientes, nunca usaba mayonesa, saca diversas bolsas de cubiertos de plástico, los cuáles desechaba después de usarlos, pocas veces usaba metal en sus comidas a excepción del cuchillo. El silencio reinaba el lugar, Cristián adoraba las noches tranquilas y silenciosas cuando estaba solo, le permitía pensar y aclarar sus ideas; en eso, un maullido se deja escuchar cerca, este queda en silencio deteniendo su actividad, camina a paso lento hacia la salida.
-ese pinche gato otra vez- Sale en busca del felino tomando nuevamente el palo recostado junto a la pared, pero no hay nada, ni un solo rastro del animal, de ninguno, ni siquiera un grillo, entra de nuevo cerrando la puerta, solo para darse cuenta que el gato había irrumpido en su morada y se había comido varios pedazos de jamón, estaba sobre la barra, de espaldas, comía con rapidez, parecía que comía antes de que se acabara el mundo, lentamente alza el palo que aun sostenía en sus manos se

acerca sigilosamente, tenía pensado dar un certero golpe que hiciera al animal no volver nunca; ya mas cerca, al momento de intentar golpearlo, el felino vuele su cabeza rápidamente y salta, Cristián se asusta y suelta el palo, el felino sale por la puerta y se va corriendo sobre la barra y sale por la ventana de la cocina, Cristián toma de nuevo el palo y sale con intenciones de lanzarlo al felino que acababa de hurtarlo, corre hasta detenerse frente a la barda que cubría su casa, sobre la cuál se posaba el animal, se relamía los labios con orgullo, había cenado y gracias a este, quien lo observa con enojo, el animal alza su mirada mostrando sus relucientes ojos; Cristián queda paralizado ante la intimidante mirada, baja despacio el palo hasta dejarlo en el suelo sin siquiera parpadear, el ronroneo del felino se dejaba escuchar ante el silencio de la noche, la luna iluminaba su maltratado y esponjado pelaje, se levanta y camina dando la espalda a Cristián, caminaba lento, seguro de que no sería atacado, al llegar al final de la cerca este se detiene y da una última mirada para después saltar y desaparecer. Cristián queda inmóvil un par de segundos mas y regresa a la cocina, asegura la puerta y cierra la ventana, recarga ambas anos sobre la barra y ve como su jamón ha sido devorado, Cristián, guarda las verduras, tira el resto del jamón y saca la leche para servirse un vaso.
"no querrá leche también... para pasar el jamón" pensó con amargura.

VI

La casa del padre de Diego, el Señor Castillo, era color melón, amplia y con rejas igual de sólidas que las de una cárcel; mas que casa parecía una fortaleza, tenía guardias de seguridad que vestían ropa de civil, armados bajo sus camisas de cuadros y ostentosos lentes de sol, los cuales usaban aun en la noche, discretamente vigilaban la zona. La casa se ubicaba en una zona suburbana, aunque no era muy grande cómo para ser considerada una mansión, la propiedad parecía serlo comparadas con las modestas casas que le rodeaban. Todos los vecinos sabían quien era el Señor Castillo, sabían a que se dedicaba y sabían que era lo único que debían saber, era un barrio tranquilo, silencioso y amigable a simple vista, niños jugando a la pelota, mujeres cuidando su jardín, jóvenes lavando su

automóvil y demás actividades cotidianas, parecía ser un barrio como cualquier otro.
El Señor Castillo se encontraba cenando cómodamente con su esposa y sus dos hijos, Carmen y Martín, ambos menores que Diego, Martín era un niño activo pero limitado, gustaba jugar en el patio con juguetes que desechaba antes que desapareciera su aroma a nuevo, tenía siete años de edad. Su hermana Carmen era una muchachita muy tranquila, refinada a pesar de su corta edad, era un año menor que Martín, nunca se ensuciaba, cargaba sus libros de cuentos sin animaciones hacia todos lados, y veía poca televisión, acciones que intrigaban a su madre y molestaban a su padre, debía usar unos pequeños lentes de poca graduación que le añadían una singular belleza intelectual..
-¿dónde está Diego?- cuestionó autoritariamente el Señor Castillo, un hombre de carácter, de estatura mediana y regordete, de piel blanca y cabello un poco grisáceo al igual que su grueso mostacho.
-no lo se, creo que está en su cuarto ¿porque?- contestó con indiferencia su esposa, la Señora Carolina. Joven mujer que aparentaba el doble de su verdadera edad, sin duda el Señor Castillo había logrado conquistarla cuando aun estaba en la flor de su edad, de abnegada actitud y ojeras pronunciadas, esta vestía largos y costosos atuendos, gustaba usar joyas y presumirlas en cada ocasión; siempre tenía cerca una copa de vino acompañándola a todos lados al igual que los cigarrillos.
-necesito hablar con el, por ahí supe que ya no va a la escuela.
-no sería novedad- señaló admirada su esposa -aunque yo siempre lo veo que se levanta temprano para no llegar tarde- Carmen vuelve sus ojos hacia el Señor Castillo

mientras toma una cucharada de sopa, tenía la costumbre de tomar un bocado y bajar sus manos, nunca ponía los codos sobre la mesa y pocas veces comía lo mismo que el resto de la familia, la cocinera de la familia le preparaba con cariño sanas recetas de familia, Carmen tenía una relación mas cercana con esta que con su madre.
-eso es lo que tu crees- señaló el señor Castillo apuntándola con su dedo mientras vertía un poco de sal en su comida, la cual consistía en una par de grasosos pedazos de pechuga de pollo, el Señor Castillo tenía acostumbrado cenar solo cosas pesadas, lo cual fascinaba a Martín, quien despedazaba la comida con toscas mordidas.
-sabes como es Diego, además está en la edad- dijo la Señora Carolina apoyando su codo sobre la mesa y pasando la yema de sus dedos por una de sus cejas al tiempo que removía un poco de puré de papas sobre su plato.
-pues no me importa su pinche edad, en esta casa no se mantiene a flojos.
Martín vuelve su vista hacia Carmen quien lo ignora tomando una cucharada de su sopa. Se dejan escuchar algunos pasos y aparece Diego, con un atuendo diferente y con el cabello humedecido, sacude con cariño la cabeza de Carmen quien sonríe al verlo, se sienta de forma presurosa, su padre lo observaba molesto.
-vaya, vaya, hablando del diablo, hasta que te veo, ¿dónde jodidos estabas?- cuestionó este. -con mi novia ¿Por qué?- contestó Diego tomando un par de pedazos de pollo con una servilleta.
-con tu novia, ¿no sería acaso tu amigo el putito? Andas con el a todos lados, no se que chingados harán.

-no...- contesta volviendo su rostro hacia este -estaba con mi novia ¿y ese comentario que?- cuestionó tomando la jarra para servirse un poco de jugo de jamaica, su hermana lo observaba y después volvía sutilmente la mirada hacia su padre.
-hey, cuida tu boca jovencito, no le estas hablando a ninguno de tus amigos pendejos.
-aquí vienen los regaños- jadeó.
-no empieces con tus escenitas babosas- exclamó el señor Castillo
-¿y ahora que hice?- cuestionó Diego con el rostro retorcido y la mirada en la mesa, esquivando el rostro de su padre.
-dime tú.
-querido el...- dijo su madre.
-tu no te metas- interrumpió bruscamente el Señor Castillo -y llévate a los niños a la cama, ya es tarde, tengo que hablar con Diego- La señora Carolina obedece de inmediato, sin queja alguna, limpia su boca con un elegante pañuelo y toma a sus dos hijos de las manos, a quienes no les importaba no haber terminado de comer, era una mujer sencilla, amable y honesta a los ojos de todas sus amistades, mas la Señora Carolina en realidad era una mujer solitaria, abnegada y triste, la tensión que vivía en su matrimonio, la había llevado a tomar drogas, con las cuáles se creaba un mundo en el que despejaba sus miedos y traumas, cada día tomaba media botella de vino mientras se encerraba a leer en su cuarto; Carmen da una última mirada hacia la mesa, Diego le brinda una sonrisa. En silencio el señor Castillo espera sus hijos salgan del comedor.
-supe que has estado faltando a clases...-retomó el Señor Castillo con una baja voz.

-eso no es cierto.
-no me contestes Diego, no me hagas enojar.
-¿quién te vino con el chisme?- preguntó alzando la mirada frotando la yema de sus dedos. -eso que te valga madre, el punto es que ya lo se, lo que no se es ¿por qué chingados te vas de vago si yo te mando a la escuela a estudiar?
-ya te dije que eso no es cierto.
-me estas haciendo enojar Dieguito- amenazó su padre exhalando.
-¿y que quieres que te conteste si ya sabes?
-quiero escucharlo de tu boca.
-¿para que?
-¡porque yo quiero carajo!- exclamó el señor Castillo golpeando la mesa con la mirada enfurecida. Diego continua su mirada sobre la mesa intimidado, en sus ojos se logra apreciar un destello de coraje.
-estoy esperando Diego.
-Si- contestó con inseguridad Diego -he faltado a la prepa, ¿y que? ¿por eso tanto alboroto?
-¿y que?- se admiró -Que no voy a estar manteniendo a un flojo.
-yo no quería estudiar, y eso tú lo sabes bien- remarcó Diego mirando levemente a su padre para después bajar la mirada.
-no es porque quieras o no, es porque tienes que estudiar.
-¿para que? tu no estudiaste y mira como vivimos.
-ese no es el punto muchacho.
-¿y cual es entonces?
-¡que me tienes que obedecer! ¡que tienes que hacer todas y cada una de las cosas que yo te mande! Mientras tu pinche culo esté a mi cargo vas a hacer lo que yo te mande, ¡¿entendido?!

-¿y que tal si no quiero?- reclamó Diego.
-¡que no me vuelvas a contestar así chingado!- exclamó en un tono bajo el señor Castillo alzando su mano ahogando su coraje. Diego se hace a un lado algo temeroso, segundos después este sonríe. -clásico de ti- exclamó
-síguete riendo de mi niño y te rompo el hocico- exclamó el Señor Castillo, lentamente desaparece la sonrisa de su rostro, su padre vuelve a tomar un trozo de comida, Diego solo observa la suya -te voy a decir esto solo una vez…- dijo el Señor Castillo al tiempo que mastica –…porque no me gusta repetir las cosas, vas a estudiar y punto, si no quieres hacer eso ¡te me largas! ...pero eso si, te vas sin nada, ¡nada! me vale madre si te vas a vivir debajo de un puente, o bajos los huevos de tu amigo, aquí ya no regresas.
-¿me estas corriendo?- se admiró Diego reacomodándose en la silla.
-si tu no quieres estudiar yo no te voy a mantener.
-eso no es justo.
-¿no le parece justo al señorito? Pues que bueno fíjese, porque eso a mi me vale ¿entendió?- expresó su padre, Diego, con un rostro endurecido, se mantenía en silencio.
-si, señor- contestó Diego llevándose su mano derecha a su frente simulando un saludo militar.
-bien, ahora levanta el culo y lárgate, quiero terminar de cenar.
-ni siquiera he probado mi comida- reclamó.
-¡que te largues!- ordenó seriamente el señor Castillo, Diego se levanta con arrebato expresando en un muy bajo tono:
-come mierda.
-¿qué dijiste?

-nada- contestó Diego mirándolo con enojo. Al pasar al lado de su padre, este lo toma fuertemente de su brazo, la fuerza del apretón lo paraliza.
-déjate de pende jadas hijo, no te lo voy a volver a repetir- finalizó el Señor Castillo observándolo hacia arriba apretando sus dientes. Lo suelta y continua cenando, Diego lo observa con un disimulado enojo y se va.
Dadas las doce y media de la noche, Cristián se encontraba en su cama, dispuesto a dormir, pero por mas que intentaba, no podía conciliar el sueño, tenia sus manos detrás de la nuca y la vista hacia el techo, su reproductor de música estaba a su lado. De pronto recordó que no le habían contestado la llamada sus padres, pero, al sentir que su temor por el incidente de la mañana ya estaba desvanecido, intentó olvidarlo.
"¿acaso todavía no se darán cuenta que llamé?" después pensó que ya no era un niño, que ya no debería estar al pendiente de sus padres, pero, de todos modos la llamaría al siguiente día, alargó su mano para tomar el reproductor cuando alguien toca a su puerta, al estar todo en silencio este oye claramente el primer toque, se levanta presuroso y baja en pantaloncillos cortos y playera; antes de abrir, asoma su cabeza por la ventana de la sala y logra percibir la silueta de quien parecía ser Dolores, se extraña unos segundos.
-¿qué pasó?- cuestionó Cristián al abrir la puerta.
-nada, solo que no puedo dormir, ¿puedo pasar?- señaló esta con una mirada cansada, sus bolsas delataban que había estado llorando.
-claro- accedió Cristián. Después de que Dolores entra, este cierra la puerta mirando hacia fuera, Dolores se sienta en la sala.

-no quiero molestarte, pero cuando no me puedo dormir me vuelvo loca, necesito platicar con alguien.
-¿de verdad que no tienes nada? Te noto algo nerviosa.
-estoy bien, solo que se me olvidó decirte algo.
-¿qué cosa?
-no me gusta estar sola, me hace sentir que nadie me quiere, me siento rechazada.
-y, ¿y por que... Por que no le hablas a tu novio, el celoso?
-a ese idiota, no, ¿para que?- Dolores alza su mirada y se levanta hacia Cristián -quiero algo diferente... alguien que me haga sentir bien, que me haga sentir viva.
Cristián sonríe entrecerrando sus ojos ante la seducción, este sentía un poco de intimidación mas no sentía estar excitado.
-¿y que puedo hacer yo?
Dolores se acerca a Cristián cada vez mas, haciendo que este quede acorralado entre ella y la pared, este deja notar una inusual timidez.
-¿te excito?- cuestionó Dolores con una menuda voz.
-¿cómo?
-me escuchaste.
-ah, mira... Por que no mejor... Te, ah...- Cristián intentó alejarse mas Dolores, sin apartar su mirada, lo detiene.
-¿no te gusto?- cuestionó esta al tiempo que frotaba su cuerpo en el de Cristián.
-eh, la verdad...
-¿qué?- cuestionó acercando su rostro.
-no, yo soy... solo... No crees que... No soy lo que crees.
Dolores roza sus labios lentamente con los de Cristián sin tocarlo, este queda inmóvil cerrando sus ojos.
-te necesito- susurró esta al oído del intimidado Cristián.
Coloca la mano de este sobre la su cintura sintiendo como

los dedos rechazaban tocarla. Con su mano derecha acaricia el abdomen del mismo hacia abajo hasta tomar su miembro. Acción que incomoda a Cristián alejándola con ambas manos.
-¿qué haces?- cuestionó este alterado, Dolores se extraña.
-¿qué no te gusto? ¿no te parezco atractiva?- cuestionó acercándose de nuevo. Cristian la detiene.
-eres muy atractiva... Pero.
-¿pero que? ¿no soy tu tipo?... No me importa tu sexualidad.
Cristián frunce el ceño con seriedad, queda inmóvil durante unos segundos observando a Dolores, cuya mirada reflejaba una atractiva lujuria. En un arrebato, Cristián la toma fuertemente intercambiando posiciones, ahora Dolores estaba recargada a la pared, levanta sus brazos dejando relucir su perfecta y torneada figura, la cual solo se logra percibir por la débil luz emanada por un faro cercano, Cristián la besa algo presuroso y empieza a tocarla desesperadamente.
-con calma, con calma, despacio- exclamó Dolores sonriendo. Cristián respiraba agitado -deja que yo te enseñe... ¿es tu primera vez?
-¿qué?- se extrañó Cristián.
-¿que estas con una mujer... Como yo?
Cristián sonríe, levanta su mano y la coloca en la de Dolores nervioso y algo confundido.
-ten, toma mi mano y enséñame como te gusta ser tocada.
Dolores sonríe y lleva la mano de Cristián a explorar todos y cada uno de los rincones de su bello cuerpo, al cabo de unos minutos, ambos terminan en el cuarto principal, a estos ya no les importaba el insomnio.
VII

Cristián se despierta solo en su cama, tenía su rostro trasnochado y una sonrisa en sus labios, abre los ojos lentamente, como si acabara de regresar de un sueño lejano y placentero. El ajetreo de la noche anterior hizo que el cuarto de Cristián pareciera un campo de batalla.
"mi cuarto está desordenado"
Estira sus músculos y bosteza relajadamente, como si fuera cualquier día, pero sabe que no lo era, se sentía diferente, nuevo, vitalizado, renacido, como si de repente abriera los ojos y viera la realidad, una sensación que nunca antes había experimentado, era una satisfacción inusual. Al no poder distinguir bien que hora es, intenta levantarse y al hacerlo, este encuentra a su lado una nota, la toma aun tallándose los ojos con los, en la misma, estaba un escrito:
"te... veo... en, en la es... Cuela...Dolores"
-¿la escuela? ¡La escuela!... ¡puta madre se me hizo tarde!
Con una rapidez que hace que su cabeza duela un poco, se alista sin haberse bañado y se va a la escuela tomando el primer taxi que encuentra.
Al llegar, se detiene observando la entrada, Diego se encontraba de pie al lado de la misma platicando con algunos compañeros, con su acostumbrada actitud arrogante, agitaba sus manos al compás de una canción proveniente del estereo de su camioneta, la cuál aparcaba siempre cerca de la puerta, su lugar siempre estaba disponible. Cristián toma aire y lo exhala bajando la mirada y camina hacia la misma, Diego al verlo acercarse, sonríe murmurando con sus compañeros, Cristián le devuelve una mirada fría y retadora, los compañeros de Diego silban en tono burlesco mientras Diego, extrañado y con el ceño fruncido, mueve su cabeza hacia los lados.

-!puto!- exclamó Diego.
"ya te contaré algún día" pensó Cristián alzando la cabeza con orgullo.
La primer clase era con el profesor de Matemáticas, el profesor Ramírez. Cristián deja sus cosas al lado de su banco y se sienta sacando su cuaderno, vuelve su cabeza hacia un lado toándose con la mirada de Sonia, quien había sujetado su cabello con dos motas a los lados en forma de cola de caballo, sus párpados se veían mas púrpuras este día y su piel estaba cubierta cuidadosamente con un polvo blanco, aunque su rostro se veía limpio y muy atractivo, parecía que no era su costumbre maquillarse de esa forma.
-hola- saludó con una sonrisa coqueta.
-hey- contestó Cristián sonriendo rápidamente sin mostrar su dentadura, acomoda su cuaderno dejando una página en blanco, mueve su lapicero con ansiedad mientras espera la llegada del profesor. Sus recuerdos de la noche anterior estaban presentes en su cabeza y los repasaba una y otra vez ahogando una sonrisa y unos ojos de confusión. Saca su celular aun sintiendo la mirada de Sonia encima. Revisa la hora y guarda su aparato de nuevo en su bolsillo, regresa su mirada hacia su acechadora compañera, este sonríe de nuevo bajando la vista a su cuaderno.
-Sonia ¿verdad?- Cuestionó este levantando de nuevo su mirada hacia la misma.
-¿cómo sabes mi nombre?- cuestionó con una sonrisa.
-la... Lista... Cuando pasan lista.
-Oh si- respondió Sonia -que tonta- Diego se introduce al salón cargando su mochila en su hombro, este da una fría mirada a Cristián quien baja la mirada ahogando su molestia -no le hagas caso, así es siempre- señaló Sonia

volviendo su cuerpo hacia Cristián, este recuesta su cuerpo en su banco pasando entre sus dedos el lapicero, con una ansiedad que nunca había experimentado. Las horas pasan con indiferencia. Las clases se escuchaban tediosas a los oídos de Cristián, apuntes aburridos, interminables discursos de enfocados profesores, participaciones insípidas de los mismos alumnos; durante toda su carrera escolar, Cristián siempre había mantenido un alto promedio de calificaciones, cosa que lograba sin esforzarse demasiado, escuchaba lo que debía escuchar, participaba solo cuando se lo pedían respondiendo no mas de lo que le solicitaban, pocas veces había necesitado estudiar para un examen y pocas veces faltaba a clases.
"para que demonios presumir lo que se, mejor cierro mi boca y aprendo lo que desconozco" Era su lema; su mente siempre atenta en donde debe de estar, el único problema que había encontrado su padre en él era su forma de ser, su personalidad, su forma de vestir y sus amigos, parecía enfocado en buscar solamente lo negativo en su persona, nunca lograba hacer nada bien ante sus ojos. Su infancia fue solitaria, cuidado por empleados de su casa y educado por los libros en la biblioteca de su casa, Cristián se forjó un carácter introvertido. Aunque muy en el fondo de su corazón quería a su padre y deseaba llamar su atención, nunca se lo demostraría.
Se deja escuchar la campana para la hora del receso, Cristián sale cargando su mochila en una mano aun recordando la noche anterior, frotaba la yema de sus dedos sonriendo al tiempo que los alza hacia su nariz.
-¿qué vas a comer?- cuestionó Sonia apareciendo de forma inesperada. Cristián baja su mano.
-no lo se, tal vez una torta de la cafetería.

-porque no vamos mejor afuera, a la vuelta venden comida y de mucho mejor sabor que la de la cafetería- señaló con un ávido tono. Cristián asiente con la cabeza observando su rostro por unos segundos, Sonia se intimida y baja la mirada.
-está bien.
Ambos salen de la puerta principal ante la mirada antipática de los alumnos, a la que ambos estaban acostumbrados. Sonia vestía en cierta forma parecido a Cristián, ajustado y poco vistoso, pero a diferencia de este, sobresalían los colores opacos, sus pantalones tenían pequeñas marcas de rasgaduras reales, su diminuta blusa era rosa con símbolos tribales negros, resaltaba sus senos y su ropa interior, Cristián los admiraba con una sutil mirada. Ambos caminan con calma, Sonia con sus palmas escondidas en sus bolsillos traseros y su mirada en el suelo, Cristián tenía sus manos en las bolsas de su suéter.
-así que eres de Zihuatanejo... ¿qué tal la playa?- cuestionó Sonia sin levantar la mirada.
-igual que en todos lados.
Sonia se extraña ante la respuesta.
-pues si- agregó esta retorciendo sus labios hacia un lado, sentía que su pregunta tenía una molesta irrelevancia.
-son mas cálidas- retomó Cristián al ver el rostro de Sonia -no soy un apasionado "montaolas" ni soy un experto nadador, pero las disfruto... Bueno, disfrutaba. -¿no piensas volver o que?-cuestionó con una timidez bastante notable.
-en vacaciones- respondió condescendientemente -me gusta mas la arena, acampar en la playa es lo mejor, las fogatas nocturnas, las fiestas en la madrugada y respirar la brisa del pacífico. -aquí también tenemos playas... y la

brisa del pacífico, un poco maloliente en algunos lados, pero tenemos.
-que bien, espero algún día me lleves.
Sonia sonrió apretando sus labios sin levantar la mirada, Cristián, por primera vez, sentía dominar la conversación con una mujer a tal grado de pensar que la estaba seduciendo, aprovecharía la vulnerabilidad de su nueva amiga. Estos doblan la esquina y continúan caminando en silencio hasta el final de la calle, cruzan cuidando de que el semáforo este funcionando y los autos estén detenidos, Cristián sigue a Sonia con torpeza sincronizando su paso. Caminan hasta llegar a un pequeño establecimiento ambulante de comida rápida.
"excelente, me va a dar diarrea" pensó Cristián con cierta decepción al observar el poco higiénico lugar. Ambos se acercan hasta llegar al frente del mismo, era un pequeño puesto de lámina pintado de blanco con vistosas letras. -¿y aquí que venden?- cuestionó Cristián a Sonia.
-de todo- respondió emotiva, vuelve su rostro hacia el sujeto dentro del sencillo negocio, este portaba un mantel blanco con manchas variadas, a su lado había una mujer de mediana estatura y envejecidas ropas, Cristián los observa con un disimulado desagrado volviendo su vista hacia los menús escritos en cartulina.
-buenos días señor Eduardo- saludó Sonia con familiaridad.
-buenos días Sonia- contestó el sujeto al tiempo que picaba diversas verduras mientras se dejaba escuchar el asado de las carnes.
-¿no tienen *"sandwiches"*?- cuestionó, el sujeto lo observa con una sonrisa de inesperada burla. Sonia sonríe negando, Cristián la observa con unos desubicados ojos.

-pide unos burritos de pescado ahumado, te van a gustar... Para que no extrañes tu tierra- señaló Sonia sonriendo -a mi me da un burrito de carne deshebrada y otro de pescado. -o.k, en un par de minutos estarán... ¿los tuyos van a ser de ahumado?- cuestionó a Cristián el sujeto afilando un largo cuchillo.
-si- respondió con inseguridad. Este estrictamente incluía en su dieta solamente panes blancos, nunca torrillas, pero sentía que era hora de romper esa regla, mas que para no desilusionar a su nueva amiga, para vivir su vida con la variedad que siempre había restringido.
Estos toman un par de sillas y se sientan cerca de una solitaria mesa de plástico, en el centro, había diversos tipos de salsas, condimentos y aderezos.
-¿me creerás si te digo que nunca he probado la salsa tabasco?- cuestionó sonriendo señalando el producto.
-si te creo- respondió observándolo cual fenómeno.
-nunca he sido muy amante del picante... La voy a probar ahora.
Sonia sonríe moviendo su cuello hacia los lados.
-¿no tienes calor?- cuestionó esta fijando su vista en el suéter de Cristián.
-tengo frío.
En eso, la mujer les acerca su orden brindando una amable sonrisa a Sonia.
-gracias Bertita.
Cristián observaba inseguro su comida, toma el envase de salsa Tabasco, abre ambos burritos y rocía varias gotas sobre estos. La singular forma en que Cristián desarrollaba sus acciones llaman la atención de Sonia.
"tan atractivo y tan afeminado" pensaba dudosa.
-¿y que hay de tu vida anterior?- cuestionó esta tomando después una gran bocado.

-¿mi vida anterior?- se admiró.
-si, en Zihuatanejo.
-¿qué quieres saber?- preguntó mordiendo con cuidado y masticando despacio. Al término de cada comida llevaba una servilleta a su boca ocultándola mientras masticaba. -esta bastante picante- refirió a su comida. Sonia sonríe con indiferencia.
-no se, lo que me quieras decir- Cristián alza la mirada mientras parpadea, sus lagrimales de repente se sentían invadidos y lentamente dejaba de sentir frío -¿quieres una coca?- Cristián asintió con rapidez, Sonia se levanta y saca dos latas, acerca una a Cristián y se sienta de nuevo para tomar otro bocado -que delicado eres- se admiró.
-es que no estoy acostumbrado- enfatizó.
-¿y bien?
-pues...- abre la lata dando un incómodo sorbo que intenta disimular -no hay mucho que contar, me la pasaba con mis amigos, en Internet y leyendo.
-típico adolescente sin quehacer... ¿que extrañas de allá que no tienes aquí?
-además de mis amigos... Creo que nada.
-¿tu familia?
Cristián da una pausa y toma otro bocado.
-mis amigos nada mas- señaló con una seriedad incómoda.
-pues amigos puedes hacer mas... Ya hiciste uno- sonrió.
Este da un nuevo sorbo a su bebida resintiendo cada burbuja en su garganta.
"maldito refresco... Es como tomar lodo"
-¿que vas a hacer en la tarde?
-¿en la tarde?- repitió Sonia sorprendida, su vulnerabilidad salía a flote de nuevo, Cristián asiente mientras mastica.

-nada... Depende si no nos dejan tarea... ¿por qué?
-quiero ir al cine- señaló Cristián limpiando sus manos -pero no se donde queda uno, y pues... Creo que tu me podrías acompañar.
-puedo decirte donde queda- señaló con torpeza, Cristián la observa con una desilusionada mirada, su experiencia con mujeres no era muy extensa pero sabia que no era una muy buena respuesta.
-lo que pasa... Es que, no quiero ir solo.
Sonia sonríe suspirando aun con la duda en sus ojos. Cristián espera unos segundos.
-está bien.
-bien- enfatizó Cristián.
Dolores sujetaba su celular al lado de su oído mientras caminaba de un lugar hacia otro, Raúl estaba sentado en un banco cerca de la barra tomando café negro, debajo de sus ojos se dibujaban un par de sutiles ojeras, mantenía su mirada hacia el suelo y una seriedad sospechosa, daba miradas nerviosas a Dolores.
-¿por qué chingados no contesta?- cuestionó Dolores molesta, camina hacia la cocina y deja su celular sobre la barra.
-tal vez lo trae en vibrador o lo olvidó en algún lado.
Dolores cruza sus manos y se recarga de espaldas en la barra al lado de Raúl.
-¿tu crees que Leo lo va olvidar en algún lado? Adora su celular, nunca se aparta de el, se olvida primero de su auto antes de ese aparato.
Raúl da un sorbo a su café con una mirada indiferente, Dolores se aleja caminando hacia la sala, este la sigue discretamente con la mirada observando la silueta de su ajustado pantalón de mezclilla, la luz penetraba las

cortinas que cubrían las ventanas, estas delineaban así su voluptuosa figura.
-¿para que quieres hablar con el?- cuestionó. Dolores exhala removiendo su cabello, lo peina hacia atrás con sus manos para entrelazar sus dedos en la nuca. Su camiseta y la luz pronunciaban aun mas sus grandes sus senos. Raúl regresa la mirada con un nerviosismo morboso y clava su mirada en el café.
-anoche estuve con el muchachito de enfrente- señaló Dolores observando por la ventana al tiempo que cruza sus brazos. Raúl aprieta su mandíbula y da un sorbo a su café pasando lentamente el trago -no estuvo tan mal- sonrió esta volviendo su mirada.
-no es novedad, ya eres experta en eso.
Frunciendo el seño esta camina hacia Raúl aun con los brazos cruzados.
-¿y eso que quiere decir?- cuestionó quedando detrás de este.
-no necesito aclarar lo obvio- respondió observando encima de su hombro.
-¿crees que es fácil hacer lo que hago? ¿crees que me gusta?- Cuestionó Dolores con la mandíbula fija -si no fuera por mi tu seguirías trabajando en aquel almacén- Camina despacio hacia la cocina buscando el rostro de Raúl.
-si no fuera por mi tu no tendrías un lugar donde vivir- señaló este volviendo su endurecido rostro hacia Dolores.
-¿qué es lo que te pasa?
-nada- respondió evadiendo su mirada.
-mira Raúl... sabes que te agradezco todo lo que has hecho por mí, sabes que eres la persona mas importante en mi vida- aclaró esta tomando una de sus manos -se que

no es lo que querías para mi, pero... Así es la vida, si todo sale a como espero este será el último trabajo.
-he escuchado eso cientos de veces y míranos.
-antes no teníamos a Leobardo.
Raúl abre y cierra sus ojos lentamente retorciendo su rostro, aparta su mano.
-Leobardo no es de la familia.
-¿te molesta?- cuestionó extrañada.
-no confío en el... Diego tampoco confiaba en el...
-¿confiaba?- interrumpió Dolores alzando ambas cejas. Raúl pasa un poco de saliva tomando aire.
-...no confía en el- continuó -se dio cuenta de que le robaba mercancía y la vendía mas barata.
-¿quién le dijo?- indagó Dolores con seriedad.
-¿quién mas? se la vendía mas barata a sus amigos pandilleros, ¿crees que no hay algún pendejo que le cuente chismes a Diego? De lo que pasa en las calles.
-¿que piensa hacer Diego?
-pensaba- respondió rápidamente -quería... Iba a hacer que lo arrestaran y lo metieran a la cárcel bastante tiempo- enfatizó este volviendo su mirada hacia Dolores -pero lo convencí para que no le hiciera nada, que lo dejara ir... pero no lo quiere volver a ver nunca- finalizó bajando la vista.
-¿ya sabe Leo?
-q-quedó en ir a mi casa en la tarde.
-¿por qué no me habías dicho esto antes?
-no tenías porque saberlo... y Leobardo no quería que supieras, dijo que sería mas fácil así.
Dolores baja la mirada pensativa, toma su celular y marca de nuevo.
-deberías habérmelo dicho- señaló.

-no le va a hacer nada- exclamó Raúl finalizando su café, Dolores lo observaba aun con duda, este se levanta hacia la cafetera para llenar su taza nuevamente. Se aleja pasando detrás de Dolores, quien aun escuchaba el tono sin respuesta.
-¿a donde vas?- cuestionó.
-al baño- respondió este.
Al término de clases, Cristián aborda un camión pequeño después de leer el nombre de una gran sucursal comercial en el parabrisas.
-¿va al comercial?- cuestionó este con un pie sobre los escalones de la unidad. El chofer asiente con un humor rutinario mientras disfrutaba de una goma de mascar. Después de pagar y recibir su cambio, Cristián se sienta en el primer asiento desocupado, pasa su vista alrededor admirando los detalles y la gente a bordo, había un par de compañeros de su salón que lo ignoraban esquivando su mirada, se sentía intimidado pero un poco mas realizado, nunca antes había tenido que usar un transporte colectivo.
"no está tan mal" analizó, revisa el cambio en sus manos y lo guarda en uno de sus bolsillos *"y es mucho mas barato"*
Al llegar al centro comercial, saca su cuaderno y arranca una hoja en la cual había escrito lo que necesitaba comprar.
Diego acababa de llegar a su casa, deja su mochila en el suelo, sobre un par de pesas grandes al lado de su cama. Se acuesta y pone sus manos sobre su malhumorada frente.
-pinche escuela- exclamó, su puerta estaba abierta, en eso, se escuchan unos pasos que se introducen a su cuarto, alza la cabeza y ve a Carmen de pié con una sonrisa amistosa, esta portaba un vestido con diversas flores

dibujadas color verde y su cabello peinado hacia atrás con una llamativa mota adornada con el mismo diseño de el vestido, no traía sus acostumbrados lentes graduados -¿tu que quieres?- cuestionó bajando de nuevo la cabeza. -nada, vine a ver como estaba mi hermano el flojo- respondió tomándose de las manos sin moverse al tiempo que las coloca al frente de si.
-por qué no te vas a leer uno de los tantos libros que tienes y me dejas descansar ¿eh?
-ya los leí todos y tu no estas cansado.
-nomás con verte me siento cansado.
-y yo con verte me siento avergonzada.
Diego sonríe levantándose, este sostiene su peso sobre sus codos.
-tu lo que quieres es que “el loco Harry” te persiga ¿no?
Carmen ahoga una sonrisa con la mirada fija en su hermano. Este se levanta de repente y corre tras ella, Carmen, aún con su incómodo vestido, logra esquivarlo y salir huyendo al tiempo que ríe ávidamente, corrían por los pasillos esquivando a los empleados que reían de igual forma al verlos jugar.
-¡ven acá mocosa!- gritaba Diego sonriendo -¡te voy a convertir en sapo con mi varita mágica! -no la hagas correr- imperó una seria voz desde lo alto de los amplios escalones que llevaban al cuarto principal, Diego se detiene exhalando sin humor, vuelve su mirada hacia arriba topándose con su joven madre quien se encontraba de pie con las manos sobre su cintura, esta baja despacio acomodando su elegante y llamativo bolso sobre su hombro, portaba un pantalón liso y un pequeño y formal saco, traía el cabello resuelto haciéndola lucir aun mas joven y atractiva -vamos a salir, no quiero que se ensucié.

Carmen llega hasta Diego y coloca sus manos al frente tomándolas nuevamente, su rostro había cambiado.
-¿a dónde van?- cuestionó Diego.
-ve afuera y dile a Manuel que aliste el auto- señaló su madre a Carmen, quien obedece caminando lentamente no sin antes despedirse de su hermano levantando su mano, Diego le sonríe y la ve alejarse -la voy a llevar a sus clases de canto- respondió su madre al llegar a su lado.
-a ella no le gusta cantar.
-todavía no sabe lo que le gusta, por eso debo guiarla... Para que no se pierda- señaló viéndolo fijamente, Diego da la vuelta para regresar a su cuarto -se que es lo que haces en la noche Diego- lo detuvo -todos lo saben, tu padre también- este se detiene quedando de espaldas.
-lo que yo haga...
-no me importa lo que hagas con tu vida- interrumpió su madre -nunca me importó y nunca me importará -Diego cierra sus ojos y pasa saliva con molestia -pero tus estupideces alteran a tu padre y eso si me importa, porque eso me afecta a mi.
Diego da la vuelta encarando a su madre.
-a mi tampoco me importa tu vida, nunca te consideré madre.
La señora Carolina da una mirada indiferente a su hijo al tiempo que sonríe condescendientemente, estaba acostumbrada a recibir tales comentarios de su hijo a tal grado que los prefería a los cumplidos.
-esta es la razón por la que nunca quise tener hijos... No son mas que un estorbo- exclamó mirándolo de pies a cabeza.
-tu no me quieres, lo se... Arruiné tu juventud, lo se... Acepto cualquier humillación que me hagas, las he

aguantado siempre... Pero no me reclames a mi por haber sido una puta sin..- un certero golpe de la mano de su madre lo silencia de inmediato. Diego aprieta sus dientes bajando la mirada, cierra sus puños ahogando una furia que le produce un dolor de cabeza -no entiendo porque pretendes querernos cuando estas con papá si...
-que te quiera tu padre, yo no- interrumpió -el es quien tiene esperanzas en ti... Entiende esto Diego, deja de hacer las estupideces que estas haciendo y obedécelo, ¿quieres armonía en esta casa? Pues escúchame... Eres muy impulsivo y predecible, vas a terminar muy mal si sigues así. Si fueras el hijo de otra persona desde hace mucho que te habrían mandado matar... Yo lo he visto, se de lo que es capaz tu padre- Diego mantenía su mandíbula endurecida -así que déjate de tonterías- finalizó para después alejarse.
-¿desde hace cuanto que querías decirme esto? Que no significo nada para ti, que soy un estorbo.
-deja los sentimientos de lado- exclamó su madre sin detenerse. Diego regresa a su cuarto exhalando cual león enjaulado.
El Señor Castillo, aunque tenía negocios propios y legales como talleres mecánicos y tiendas de ropa, era bien sabido que su negocio real era la venta de drogas; sus empleados eran pequeñas pandillas que vendían en las escuelas, calles oscuras y barrios bajos, en su mayoría, jóvenes fáciles de persuadir. Tenía controlado un gran mercado, el cuál le tenían delimitado las "grandes empresas" quienes lo controlaban a el, si había un mínimo detalle, una venta en un barrio en el cuál no debía o problemas entre pandillas que afectaban la industria, el Señor Castillo era quién tenía que dar la cara. Nadie le faltaba al respeto, algunos lo odiaban, otros le temían,

pero como en cualquier lugar, era casi inmune, sobornaba policías y políticos por igual.

"en mi barrio no manda nadie mas que la corrupción... pensaba *...y la corrupción la hago yo"*

Sus principales clientes eran muchachitos ricos que buscaban un poco de diversión extra en sus fiestas, personas con problemas psicológicos o familiares y vagos. Por esta razón, su padre se mantenía fuera de su casa la mayoría del tiempo, solo llegaba a comer y a descansar por las noches.
Cristián baja de un taxi y se introduce a su casa cargando varias bolsas de víveres, las cuáles estaban llenas mas que de comida, de productos de belleza y limpieza, deja las bolsas sobre la barra y acomoda las cosas en su lugar. Su celular suena indicándole que había recibido un mensaje, este saca el aparato y verifica en la pantalla el nombre del contacto, este era de Sonia.

"a las cuatro y media va a empezar una función, te vas a las cuatro al malecón, de ahí nos vamos, voy a llevar el carro de mi mamá"

Citaba dicho mensaje, guarda su celular acomodando de nuevo las cosas. Un par de golpes se dejan escuchar desde la puerta.
-*¡hello!*- saludó Dolores desde afuera. Cristián retuerce sus labios con una sutil molestia, coloca sus manos sobre su cintura pensativo -¡¿hay alguien en casa?!- este se acerca despacio hasta la puerta abriéndola totalmente.

-hey- saludó con nerviosismo, se hace a un lado regresando a la cocina. Dolores entra con sus manos en sus bolsillos -no te vi en la escuela ahora.
-no fui- respondió acercándose hasta la barra.
-¿y eso?- cuestionó Cristián acomodando algunas latas en la alacena, Dolores solo alza sus hombros.
-me dio flojera, ¿así que fuiste de compras eh?- sonrió -yo te hubiera llevado- dijo alzando la mirada a este, quien la esquiva abriendo otra bolsa -¿te sientes bien?
-si, si- respondió de inmediato -es nada mas que... Quería ir solo, conocer la ciudad- respondió acomodando los productos de limpieza bajo el zinc.
-si es por lo de anoche... No te preocupes, nadie va a saberlo... Me sentía vulnerable... Fue, fue lo que fue y nada mas.
Cristián se levanta y la observa pasando saliva.
-lo que pasó, pasó... No quiero problemas- sonrió nervioso.
-Diego nunca va a saber, no te preocupes... En realidad debería pedirte disculpas, has de pensar que soy una...
-no- interrumpió con sinceridad Cristián -no pienso nada, como dices tu, fue lo que fue y hasta ahí.
Dolores esconde una sonrisa orgullosa al tiempo que toma una barra de jabón llevándola a su nariz inhalando con alarde el aroma.
-voy a ir al cine en la tarde- señaló Cristián al tiempo que guarda varios envases de leche descremada. Dolores alza la mirada con sorpresa y deja el jabón sobre la barra.
-¿con quién?- preguntó con preocupación.
-con una amiga de la escuela, Sonia.
Dolores niega con la cabeza jugando con sus dedos.
-¿qué van a hacer después?

Cristián la observa por un segundo y continua desempacando hasta vaciar la última bolsa, en la cuál había un par de bombillas y una pequeña linterna de mano.
-no se... Platicar, tomarnos un café, venirnos para acá, no se.
-pues que bueno que ya estas haciendo amigos- señaló Dolores con un acento despectivo, Cristián se da cuenta de la molestia de esta pero la ignora acomodando los productos faltantes -eres mejor que yo haciendo amigos- señaló sonriente, Cristián le devuelve la sonrisa -bueno, me tengo que ir.
-¿ya?- se extrañó Cristián.
-solo pase a saludar, Diego no tarda en llegar- se levanta y se aleja hasta salir ante los ojos extrañados de Cristián.
Diego sube a su camioneta y sale de su casa frente a los guardias, a quienes desagradaba, no mantenía relación cercana con ninguno ni sabía sus nombres. Maneja hasta un local cercano, se baja y saca un par de billetes de su cartera. Cerca del lugar había aparcado un auto de vigilancia de la policía, un par de agentes lo seguían desde la salida de su propiedad, el agente Rodríguez y su compañero el agente Cervantes, ambos con una carrera de varios años en asuntos relacionados con el tráfico de droga. Ambos bajan de la unidad y caminan hacia su camioneta; después de un par de minutos, Diego sale cargando un par de bolsas negras con cervezas y diversas botanas.
-debes de ser mayor de edad para consumir alcohol muchacho- señaló el agente Rodríguez recargado de espaldas en su camioneta, portaba una camisa a cuadros y el cabello resuelto, sus ojos se miraban cansados. Diego se detiene y observa a ambos con desagrado, sabía que

eran policías y sabía que eran corruptos, conocía la relación que tenían con su padre desde pequeño.
-¿y?- respondió indiferente, nunca antes había sido detenido por ningún tipo de policía, ni siquiera por pasarse semáforos o por manejar en exceso de velocidad.
Cervantes entra al establecimiento, vestía con un poco mas de elegancia, traía puestos unos grandes lentes de sol y su cabello peinado con cuidado hacia atrás, siempre con una actitud arrogante, segundos después saca al cajero.
-¿cuantas veces te he dicho que no vendas alcohol a menores de edad?- cuestionó Rodríguez, aun recargado en la camioneta, Diego lo observa con una sonrisa extrañada, el agente permanece indiferente a su reacción -¿quieres que te cierre el negocio otra vez?- el cajero niega con su cabeza asustado -si te llego a ver vendiendo aunque sea un solo cigarro a un niño, voy a hacer que cancelen tu permiso y asegurarme de que no lo vuelvas a conseguir nunca, no me importa si terminas barriendo calles o limpiando zapatos... no te lo voy a repetir- fija su mirada ante el intimidado cajero y hace una señal para que su compañero lo suelte, el cajero regresa al interior ante la mirada burlona de Diego.
-¿así es como funciona?- cuestionó este.
-súbete al auto- ordenó el agente abriendo la puerta de pasajero.
-a mi no me vas a mandar nada...
-odio repetir las cosas muchacho- señaló con una intimidante mirada, Diego desvanece su sonrisa y obedece, por primera vez se sentía vulnerable. Después de abordar la unidad, este enciende el auto, Cervantes, sentado en el medio del asiento trasero, mantenía fija su mirada en Diego, la cual se sentía a través de sus lentes -no te dije que lo prendieras, no vamos a ir a ningún lado.

-¿entonces que quieren?
Rodríguez vuelve su rostro hacia este al tiempo que saca un cigarrillo y lo pone en su boca.
-que dejes de vender tu mierda en las calles.
Diego baja su rostro cerrando sus ojos con una sonrisa fingida, esperaba escuchar algo parecido.
-¿por qué no le dices eso a mi papá? ...¿y que te hace pensar que yo vendo esa mierda? -porque tu papá y yo tenemos un pene del mismo tamaño... Esa es la única pregunta que te voy a responder mocoso... Y porque yo hago negocios con el... Eso es lo único que te voy a explicar- abre la guantera ante la extrañada reacción de Diego, quien mantenía sus manos en el volante, Rodríguez toma la caja de un disco compacto -¿te gusta Santana?- cuestionó abriendo la caja.
-no es mío.
-entonces no te importa si me lo quedo- cierra la caja entregándosela a su compañero, quien la toma y lee las canciones en el álbum. Diego, aun sonriendo, observa el rostro de Rodríguez. Este saca una pistola automática sin voltear hacia su rostro, la cuál mantenía en su espalda sostenida por su cinturón.
-no somos payasos... No se porque chingados te estas riendo.
Diego desvanece su sonrisa lentamente.
-lo mejor de Santana- se admiró Cervantes -"Bella" esa es la mejor canción... Hace que se me pare el pito- señaló observando a Diego a través del retrovisor.
-¿qué es lo que quieren?- cuestionó este.
-no escuchas muchacho, ya respondí esa pregunta.
-no puedes meterme a la cárcel, de todos...
-no te vamos a meter a la cárcel- interrumpió Cervantes - te vamos a dar un balazo y te vamos a enterrar en el

desierto, a nadie le va a importar otra ejecución, es la moda- exclamó alardeando son sus manos, Diego empieza a sentir una incomodidad en su estómago. -Pero a tu padre si le importas- agregó Rodríguez -obviamente quiere mucho a su hijo, por mas incómodo que sea... y si hacemos eso, tu papi va a juntar matones y se va a ser un reguero de mierda por todos lados que ya te has de imaginar...- este baja la ventanilla y arrojando las cenizas afuera -...no queremos eso, nadie, las cosas funcionan bien siempre y cuando se mantenga un equilibrio... Y ese equilibrio tu lo estas echando a perder, si tu padre no te obliga yo lo haré, porque me haces perder negocios... cuando tu presumes ser un delincuente pendejo que le vende droga a cualquiera, haces que la policía se vea mal, haces que "yo" me vea mal...
La gente piensa que somos corruptos y tu solo lo confirmas, y no quiero... En realidad no quiero, que por tu culpa, un reportero entrometido meta su nariz en mis asuntos y lo mande matar... Eso hace que todo se eche a perder, todo se viene abajo... La gente deje de confiar en nosotros, tus amiguitos no tienen diversión en las fiestas y los socios de tu papi dejan de tenernos respeto... Eso me encabrona, porque el equilibrio vale mierda ahí... ¿si me explico?- Diego asiente y pasa saliva nervioso aun con sus manos en el volante -eres un niño, te falta mucho que aprender... Ya llegará el día en que puedas jugar con los policías... Pero para eso todavía falta, así que, disfruta del dinero de tu papi y hazte pendejo en la escuela porque de lo contrario... De lo contrario voy a tener que descargar mi pistola sobre ti y la putita sabrosa que tienes por novia...
-bastante sabrosa- agregó Cervantes -¿esta claro? Muchacho.

-s-si- respondió Diego sin mover su cabeza.
-bien... Y recuerda esto... Si no fueras hijo de Castillo, no te habría explicado absolutamente nada y ahora mismo estarían pedacitos tuyos enterrados por toda la Baja y tu noviecita estaría disfrutando de mi grueso y jugoso pene- finalizó, Diego aun se mantenía inmóvil, ambos agentes bajan de la camioneta, al cerrar la puerta, Rodríguez se acerca a la ventanilla y se agacha -la mercancía que te sobra... Me la entregas a mi, tienes hasta la noche y no hagas babosadas, se como localizarte- lo observa un rato y se aleja.
-corruptos pendejos- exclamó Diego en voz baja.
Cristián sostenía en una mano una bombilla y en la otra la linterna mientras caminaba directo al cuarto oscuro, abre la puerta iluminando un poco, lo único que se logra asimilar son los escalones hacia abajo, sentía un inexplicable miedo al interior.
"nunca antes había entrado a un sótano"
Enciende la linterna pasando la luz alrededor lentamente, había varias cajas cerradas y periódicos viejos regados en el suelo, olía a humedad aunque no se distinguía la verdadera esencia; baja despacio sin dejar de revisar alrededor hasta toparse con la bombilla fundida, el techo era mas bajo que los demás cuartos este logra reemplazar la bombilla sin mas esfuerzo que ponerse de puntillas. El incómodo temor aun lo mantenía tenso, da una última revisión al misterioso cuarto topándose así con un gran baúl de madera, el cual llama su atención e ilumina bastante tiempo, era amplio y rústico, se distinguían levemente algunos colores verdes olivo y amarillo, el tiempo parecía haberlos opacado, sin duda alguna el mueble tenía mucha mas edad que Cristián. Camina hacia el mismo pero se detiene al escuchar un maullido seco,

lleva la luz de la linterna hasta la entrada iluminando al felino que posaba indiferente sobre los escalones, sus ojos estaban entrecerrados ante la luz de la linterna aunque recibía suficiente luz del exterior que iluminaba todo su cuerpo, el animal ronroneaba con la vista fija en Cristián. Este se acerca intimidante aun con la luz sobre el animal mas tropieza con una caja oculta entre la oscuridad que lo hace soltar la linterna, se levanta y la recoge del suelo con torpeza reincorporándose de inmediato. El animal había desaparecido, duda por unos segundos y después camina por los escalones molesto y sube el interruptor iluminando el cuarto por completo, estaba sucio y maltratado por el moho, solamente el baúl y las cajas cerradas lo habitaban, Cristián observa la caja con la cual había tropezado, exhala malhumorado, apaga la luz y cierra la puerta.

VII

Observando la televisión, con la mirada fija en el programa y la mente pensativa, Diego da un último trago a su cerveza, se sentía torpe, intimidado y reducido a la edad que tenía y no a la que quería aparentar. Se levanta y va hacia la cocina, deja la botella de cerveza vacía y escupe en el fregadero, respiraba por su nariz con una sensación tensa. Segundos después, se dirige al cuarto de sus padres ante la mirada extrañada de algunos de los empleados, quienes sabían bien que nadie se metía al cuarto de estos sin autorización, nadie, y eso incluía a sus hijos. Sin importarle al orden, este se introduce a la elegante y ostentosa alcoba, se dirige a un cuadro que colgaba en la pared justo detrás de la cama, una pintura de sus padres, en la cual el señor Castillo se mantenía de pie, con un rostro endurecido y un traje color beige apoyando su mano en su esposa quien estaba sentada en una silla color negro de respaldo rojo con un vestido blanco, en su rostro se marcaba una gran sonrisa, su rostro una belleza casi infantil, aparentaba escasos veintitantos años. Lo quita con mucho cuidado revelando la caja fuerte escondida.

-todos estos años que he estado aguantando se pagarán con esto madrecita mía- exclamó Diego. Saca un pedazo de papel el cual contenía el código de la caja fuerte -siento lástima por ti padre, no debiste haber abierto la caja cuando yo estaba aquí, cría cuervos y te sacarán los ojos- se comentó en voz baja, casi en susurro mientras

introducía el código. Cuando por fin logra abrir la caja, se topa con documentos embolsados, los mueve a un lado sin importarle su contenido y saca varios sobres manila los cuáles contenían dinero que su padre guardaba de sus misteriosas ganancias -vengan con su nuevo papá... Me largo, pero me largo con su dinero- saca de su bolsillo el par de bolsas de plástico de las cervezas en el local e introduce los billetes, en su mayoría de mil y quinientos pesos, se encontraban acomodados en cantidades aproximadas a los doscientos mil pesos, el Señor Castillo no llevaba una cuenta exacta de lo que había en el interior de la caja; no le importaba la cantidad, siempre y cuando tuviera lleno el interior, era la que solía llamar "la reserva". No lo necesitaba pero, sin duda, se daría cuenta de lo faltante, lo cual tenía sin cuidado a Diego. Al terminar de embolsar los billetes, observa la puerta con cuidado y en silencio, sabía que nadie entraría, pero debía asegurarse. Al terminar su atraco, sale del cuarto con un rostro de satisfacción, cargando las bolsas en ambas manos; acomoda todo como estaba y sale para introducirse al suyo ante la indiferencia de los empleados, asegura la puerta y coloca las bolsas dentro de su mochila después de vaciarla vaciado por completo. Toma su celular y llama a Dolores, deja la mochila encima de la cama con su mano sobre la misma.
-¡cielo!- contestó Dolores acentuando una falsa emoción que Diego intenta ignorar.
-hey preciosa, ¿dónde estas?- cuestionó este escondiendo sus nervios -oye, perdóname, por lo del otro día, pero, me encelé. Ni modo, ya sabes como soy... No me gusta verte en la escuela, pero ya estoy bien sabes, me bañé y se me pasó...
-¿q-qué quieres? ¿te sientes bien?- interrumpió.

-ya lo hice.
-¿qué cosa?- cuestionó extrañada.
-le robé a mi "jefe" ya tengo el dinero.
-¿estas hablando en serio?- una gran sonrisa se Dibuja en el rostro de la misma, se sienta en uno de los sillones de su sala y vuelve su mirada hacia el pasillo nerviosa.
-si, alista tus cosas, mañana nos vamos.
-¿mañana?
-si, es lo que querías ¿no?- se extrañó.
-si, si, pero... ¿No se va a dar cuenta?
-¡claro que se va a dar cuenta! ... pero no ahora ni mañana... El punto es que ya lo hice, por eso la urgencia, mañana paso por ti temprano, ten todo listo.
-¿no se te hace que es muy rápido Diego?
-no voy a regresarlos bebé, no puedo quedarme mas tiempo, entre mas rápido mejor ¿no crees?
-pues... Si, creo.
-¿no estas enojada conmigo verdad?
-no, ¿por que habría de estarlo?- cuestionó esta, Raúl aparece sosteniendo una taza de café vacía, se detiene al ver el rostro de Dolores quien alza la mirada.
-no lo se, por lo de ayer o algo que haya hecho, ayer no fui a verte porque estaba ocupado- continuó Diego
-no, no estoy enojada.
-bueno, mañana paso por ti entonces, espérame con tus maletas preparadas.
-esta bien.
-nos vemos, te quiero mucho.
-si yo también, adiós- al colgar, aun con la mirada sobre Raúl, esta guarda su celular con lentitud.
-¿qué pasó? ¿era Diego?- cuestionó Raúl, esta asiente con la cabeza suspirando, intentaba ahogar su emoción ante su presencia.

-ya es hora- señaló seriamente -es ahora o nunca.
-¿qué pasó?
-Diego ya tiene el dinero... Si no quieres que siga en esto... Es nuestra oportunidad, es algo que se nos va a presentar una sola vez, tenemos que aprovecharlo.
Raúl evade su mirada aun de pié al lado de la sala, baja vista hacía la taza vacía y se dirige a la cocina.
-tanto café te hará daño.
-¿y a ti que?- Renegó Raúl. Diego guarda un par de mudas de ropa en su mochila y sale cargando la bolsa para introducirla a su camioneta, la mirada de los guardias es indiferente, ya estaban acostumbrados a las salidas repentinas de este, por órdenes del Señor Castillo nunca debían cuestionarlo o detenerlo, sube al auto y sale de la propiedad, este saca su celular de nuevo y marca esperando respuesta.
-¿qué pasó?- respondió Raúl después d dar un sorbo a su café.
-te veo en “la cueva” en media hora.
-¿por qué?- cuestionó este observando a Dolores.
-media hora- repitió Diego guardando su celular de nuevo al tiempo que dobla en una esquina.
Raúl guarda su celular aun con la mirada sobre Dolores quien observaba sus dedos.
-era Diego... Voy a ir a “la cueva”- sonrió este al tiempo que camina hacia Dolores, se planta a su lado y levanta su rostro con su dedo acariciando su mentón, aunque incómoda, Dolores recibe la caricia -esto es el último trabajo, hay que hacerlo bien- señaló, deja la taza sobre la mesa de centro, toma sus llaves y sale cerrando la puerta; Dolores queda pensativa y un rostro endurecido. Después de escuchar el motor del auto de Raúl alejarse, esta se levanta y sube hasta su cuarto, saca del armario toda su

ropa y vacía sus cajones, coloca todas sus cosas dentro de una gran maleta; esta recibe un mensaje de texto en su celular, saca el aparato y lee el contenido, el nombre del contacto era Leobardo.

"bebé, salí de la ciudad, no te preocupes por mi, voy estar bien"

Rezaba el mensaje, esta, al finalizar de leerlo, marca esperando recibir respuesta casi inmediata. El tono suena hasta mandar a buzón. Dolores empezaba a sospechar, nunca antes había recibido un mensaje de Leobardo en el cuál se describiera preocupado por ella, lo sentía mas vulnerable que preocupado, nunca antes la había llamado bebé, pocas veces le mandaba mensajes de texto y siempre contestaba cuando le marcaba. Observa su celular durante unos minutos, se sienta al lado de su cama e introduce un mensaje, escribiría una mentira.

"oye, pero habíamos quedado en ir al cine en la tarde y dijiste que ibas a llevarme a cenar después"

Después de enviarlo, deja el celular a su lado esperando respuesta, lleva sus manos a la cabeza controlando una tensa preocupación. Pasan algunos minutos antes de que el tono su celular suene indicando que había recibido un mensaje, Dolores cierra los ojos y pasa saliva al tiempo que alarga su mano buscando el celular, lo toma y lo acerca a su rostro, sus dudas se disiparon al ver que dicho mensaje era enviado por Leobardo.

"si, lo se preciosa, pero no voy a poder, después te llevo a cenar a donde quieras"

Dolores siente un leve mareo al terminar de leer el texto, su relación con Leobardo era secreta, nunca salían a la calle juntos, nunca se enviaban mensajes y este nunca la llamaba por sobrenombres cariñosos como *preciosa* o *bebé*, lo cual siempre la había molestado. Guarda su celular y se levanta caminando de un lado hacia otro mientras muerde una de sus uñas.

Cristián sube a bordo del sencillo y al parecer, familiar automóvil, este era una van plateada con algunos golpes a los costados, Sonia se veía pequeña en su interior.
-hola- saludó amablemente esta, vestía con una blusa oscura sin logo y una minifalda a cuadros color rojo con una malla oscura debajo, su cabello, peinado como acostumbraba, ahora estaba sujetado por un par de motas rojas.
-¿tienes permiso de conducir?- cuestionó Cristián al cerrar la puerta colocándose el cinturón de seguridad.
-no- sonrió esta tomando la calle. Cristián sonríe a medias con un rostro desconfiado al ver que Sonia manejaba tomando el volante con ambas manos.
-así que... ¿qué película vamos a ver?
-la que sea- respondió esta pasando al otro carril sin siquiera observar los espejos -con que no sea de amor, que flojera- señaló sonriendo al tiempo que lo observa por un largo periodo, Cristián empezaba a sentir que su seguridad a bordo estaba en duda.
-¿cuánto tiempo hace que manejas?
-no hace mucho... ¿por qué? No te gusta como manejo... Lo se debo manejar mas rápido pero...
-no así está bien- interrumpió -es buena velocidad.

-no seas miedoso- señaló esta acelerando y tomando un nuevo carril, un automóvil pequeño esquiva de repente la van y sale de la calle.
-¡cuidado!- exclamó Cristián observando hacia atrás el auto, el cual había tomado de nuevo la calle.
-no le pasó nada, no te preocupes. Pocos metros adelante había un semáforo en rojo, esta se detiene quedando al frente de la fila, el auto pequeño queda detrás y la puerta del conductor se abre.
-se está bajando- señaló con nervios Cristián.
-ni que lo hubiera chocado... ¿Y que me va a hacer? ¿golpear?
Un sujeto alto y fornido sale del auto y camina lentamente hacia ellos, Cristián pasa saliva mientras observa a Sonia, quien sonreía despreocupada al tiempo que asegura las puertas, el sujeto llega hasta la van plantándose al lado de la ventanilla de Sonia, toca el vidrio un par de veces con sus nudillos llamando su atención, Sonia aun sonreía a Cristián, quien esquiva la mirada del intimidante sujeto.
-es bueno que tengas tu cinturón puesto- señaló esta, vuelve su cabeza hacia el sujeto y levanta su palma hasta golpear la ventanilla, alza su dedo medio en señal de insulto y acelera ante la mirada extrañada del sujeto, esquiva por centímetros los autos que cruzaban y se aleja riendo orgullosa, Cristián se sujeta con ambas manos a su sillón -¡¿viste su cara?! ¡¿viste su cara?- exclamó aun riendo.
-s-si, no se miraba muy contento.
-lo se, ¡que imbécil! ¿qué creía que me iba a llamar la atención enfrente de todos? estúpido. Minutos después, estos llegan al cine, Sonia aparca el auto torpemente en el estacionamiento y poco paralelo a los autos a su lado y

baja despreocupada; Cristián aun se mantenía tenso con sus manos aun sujetas al sillón y su cabeza escondida entre sus hombros, la observa al pasar frente a la van, exhala agachando la mirada y sonríe.
-mujeres- exclamó en voz baja, sale de la van hasta encontrarse con Sonia, quien se encontraba en la fila de la taquilla.
La función dura poco mas de tres horas, las cuáles Cristián ocupó mas analizando los movimientos de Sonia que observando la película. Sus emociones al ver una escena de acción, su decepción al descifrar el final y su falta de atracción por los "chicos bellos" de la gran pantalla.
-ya no hay actores de carácter, puro niño bonito y fresa- señaló al tiempo que toma un puñado de palomitas y las echa a su boca, Cristián da un leve sorbo a su vaso pasando con dificultad el trago.
Al salir del cine, Sonia caminaba al lado de Cristián sonriente con ambas manos en los bolsillos traseros.
-no estuvo mal ¿no?- cuestionó Cristián acercándose al tiempo que frotaba sus brazos disimulando el incómodo frío que sentía.
-¿la película?- Cristián frunce el ceño -no, no estuvo mal, solo que... Si le quitas los efectos especiales, la trama es una basura.
-todas las películas comerciales tienen tramas absurdos, si no, no tendrían éxito- sonrió este. -si lo se, por eso me gustan mas las películas independientes- exclamó Sonia agachando la mirada.
-¿de verdad no te gustó la película?- cuestionó Cristián negando con su cabeza y media sonrisa.

-si, si, la película estuvo bien... Digo, yo la escogí después de todo... Pero, me gusta mas el cine independiente, raro... No comercial.
-¿cómo cuales?
-pues...- alza su cabeza aun caminando -Tarantino en sus inicios... Asesinos por naturaleza, romance verdadero, perros de reserva- Cristián alza sus cejas levemente sorprendido.
-el dirigió solo la de perros de reserva.
-pero escribió las otras dos.
-entonces... ¿te gusta la violencia?- cuestionó este al llegar a la van, Sonia saca su llaves y abre la puerta botando los seguros, ambos se introducen.
-no tanto... Me gustan los guiones con carácter... Lo último que he visto en el cine no son mas que historias demasiado pulidas ¿no crees?- Cristián asiente sonriendo, su tema de conversación en cuanto a películas era muy escaso -las buenas historias las vuelven demasiado pretenciosas.
-te gusta mucho el cine ¿no?- Sonia sonríe para después encender el auto y salir del estacionamiento, esta enciende los faros y pasa a centímetros de los demás vehículos. *"no se como es que no choca"*- pensó Cristián mordiendo levemente su labio inferior al ver por el espejo lateral.
-me gustan las buenas historias- respondió -creo que siempre he fantaseado con ser una asesina a sueldo- sonrió volviendo el rostro a Cristián con una inocente sonrisa, este la observaba extrañado levantando ambas cejas -¿alguna vez has pensado en ...que sentirías si mataras a una persona?
-intento no hacerlo- respondió incómodo.

-sería interesante... Sostener un arma y !pum¡...- alza su mano simbolizando una pistola -hasta la vista *baby*... todos sus sesos regados en tu ropa... - Cristián se mantenía distante observando hacia la calle negando con una sonrisa nerviosa -... Y salir caminando como si hubieras matado un pollo...- el silencio reina por unos instantes -¿has pensado en como vas a morir?
Cristián vuelve su rostro hacia Sonia con seriedad.
-¿qué?
-digo... Yo siempre pienso en eso.
-¿por qué?
-no lo se...- respondió con una voz baja. Cristián ríe moviendo su cabeza hacia los lados -...
Me gustaría morir como el personaje de Kevin Spacey en *Seven*.
-eres muy extraña- señaló Cristián aun riendo.
-no lo creo- interpuso Sonia sonriendo al tiempo que toma un nuevo carril -hay gente que mata... Yo no, solo fantaseo con eso y hay gente que se suicida, yo no lo haría... Solo me pregunto como sería mi muerte.
-como sea eso no es normal- añadió Cristián. Sonia coloca un disco en su estereo, al escuchar la canción iniciada, sube un poco mas el volumen -¿te gusta Death In Vegas.
-Death In... No, nunca los he escuchado.
-es de los mejores grupos, me gustan los matices que le dan a la música- señaló esta moviendo su cabeza al compás de la música.
-se escucha bien.
-¿qué tipo de música te gusta? ¿Rap, Punk, Metal?
-no lo se... Me gustan muchas canciones pero pocos grupos- respondió. Sonia vuelve su rostro hacia este pasando su mirada por su cuerpo.

-por como te vistes diría que te gusta el Punk.
Cristián sonríe volviendo su rostro hacia la ventanilla.
-todos me dicen eso... Pero no, casi no me gusta... Me gustan Los Beatles, Los Rolling... -Los Beatles... Asco- se admiró observándolo con un rostro retorcido de decepción -a esos nunca les crecieron los huevos.
-según dicen, todos los músicos tienen influencia de Los Beatles- dijo Cristián riendo.
-no mi generación- señaló Sonia. Esta conduce con un mas precaución deteniéndose correctamente en los semáforos y guardando su distancia con los demás vehículos. Varias calles después, estaciona el auto frente a la casa del Cristián.
-llegamos sanos y salvos- sonrió Cristián observando a Sonia. Quien apaga el motor con una condescendiente sonrisa.
"deja de sonreír imbécil"- pensó Cristián desvaneciendo lentamente su sonrisa.
-así que aquí vives ¿eh?- se admiró Sonia observando el lugar.
-¿quieres entrar?- cuestionó este bajando de la van, eran poco mas de las ocho de la noche. Sonia baja del camioneta asegurándola después, camina al lado de Cristián, quien abre la reja quitando el viejo candado.
-¿en verdad vives aquí?- cuestionó Sonia al ver el maltratado patio y la descuidada casa.
Cristián asiente encogiéndose de hombros. Al llegar a la entrada, al tiempo que apartaba la llave para abrir la puerta, este se topa con una caja blanca envuelta por todos lados con cinta adhesiva. La levanta con la mirada fija, había una nota pegada sobre la misma.

"Esto es para tu propia seguridad, espero que te guste, con cariño, Dolores"

La nota estaba impresa a computadora, vuelve su cabeza hacia la casa de Dolores, esta parecía estar solitaria, solamente el brillo de la bombilla sobre la puerta principal resplandecía de la misma.
-¿qué es eso?- cuestionó Sonia.
-no lo se- respondió Cristián al tiempo que acomoda la caja sosteniéndola con su antebrazo a su cuerpo, abre la puerta y se introduce -pero se siente pesado.
Deja la caja sobre la mesa de centro intentando desvanecer su extrañada preocupación. Al estar ambos dentro de la casa, este enciende la luz y cierra de nuevo la puerta no sin antes observar la casa de Dolores.
-¿no vas a abrirlo?- cuestionó Sonia observando la caja.
-no... después- respondió, Sonia lleva sus manos a la cintura observando el lugar.
-vaya... Esta, como... Como que muy limpio.
Cristián camina hacia la cocina y abre el refrigerador.
-¿quieres algo de tomar?
-no, gracias- respondió Sonia aun observando el lugar - me llené con el refresco... ¿Vives aquí tu solo?
-yeap- respondió Cristián al tiempo que saca un bote de jugo y cierra el refrigerador, saca un vaso, el cual aun tenía la etiqueta y sirve un poco.
-¿por qué?- cuestionó Sonia acercándose hasta la barra, Cristián cierra el bote de jugo colocándolo de nuevo en el refrigerador.
-la verdad... No lo se- respondió dando un sorbo.
-está demasiado grande para ti... ¿no crees?

-algo, pero no es nada mas mía... Yo soy el que la ocupa ahora, pero... Como mi papá estudió aquí y tiene familiares, es mas como una casa de vacaciones.
-Oh, ya veo... ¿tienes hermanos?- Cristián asiente con seriedad, ambos caminan hasta ocupar la sala -¿cuántos?
-dos mas, gemelos... Menores que yo por cuatro años.
-gemelos- se admiró con interés Sonia -¿y es cierto lo que dicen? ¿que uno es bueno y el otro malvado?
-uno es malvado y el otro es peor- respondió Cristián agachando la vista al escuchar una leve risa de Sonia, deja el vaso en la mesa esquivando la vista de la caja.
-¿crees que las intenciones de tus papás sean venir a vivir para acá? Después de que tu les limpiaste y acomodaste la casa.
Este niega con su cabeza con seguridad, cruza sus piernas al tiempo que acomoda su cabello.
-ni mis padres ni mis hermanos soportarían mas de un día aquí.
-¿por qué?- se extrañó Sonia.
-esta muy por debajo del nivel económico al que están acostumbrados.
-nivel económico... Entonces ¿tu familia es adinerada?
-mi papá es el adinerado y mis hermanos se creen adinerados- respondió con el ceño fruncido. -no te ves como niño rico.
-gracias- sonrió Cristián -intento no ser superficial- exhaló incómodo al recordar la molestia que sintió al ver la casa por primera vez. Sonia da una mirada alrededor, en eso su celular suena, saca el aparato y se pone de pié para contestarlo.
-bueno... Si, ya se acabó...- Sonia cierra sus ojos apretando sus labios malhumorada, Cristián admiraba su

cuerpo con sutileza -si, si ya voy para allá... No tardo... Como en... Unos diez minutos... Bye.
Guarda su celular y alza sus manos encogiéndose de hombros.
-¿tienes que irte?
-así es... Era mi mamá, ya quiere que le regrese su carro... No le gusta que maneje en la noche, tiene miedo de que lo vaya a chocar.
"¿me pregunto por que?"- pensó levantándose.
-entonces... ¿la pasaste bien?- cuestionó Sonia con una sonrisa nerviosa. Cristián se para a su lado.
-si, estuvo muy bien, espero se repita- respondió fijando la mirada en los profundos ojos negros de Sonia quien sonreía intimidada. Un par de segundos después esta se despide.
-yo también.... Hasta mañana... Nos vemos en la escuela, bye- saca sus llaves y sale caminando de prisa hasta su auto, lo aborda y se aleja acelerando a gran velocidad, Cristián mueve su cabeza a los lados y cierra la puerta, se recarga sobre la misma y suspira con orgullo. Agacha la cabeza y observa hacia un lado clavando la mirada en la caja, se acerca y se planta en el sillón para inspeccionarla; quita la cinta con cuidado y la abre.
En el interior había un revólver plateado con la culata color perla, del mismo diseño que la usada por Diego. Era un extraño obsequio de una mujer. Cristián queda confundido y pensativo. Debajo del revólver, había una segunda nota, mas no tenía intenciones de leerla; se levanta y saca su celular, marca nuevamente a casa de sus padres de nuevo. Pasan algunos segundos hasta que este obtiene respuesta, Enzo, uno de sus hermanos es quien toma la llamada.
-¿si?- se deja escuchar.

-¿Enzo?, soy yo, Cristián.
-mi hermano el puto.
-ese mismo, oye, ¿está mamá por ahí?
-no, salió hace rato, pero no se a donde.
-y no sabes hasta cuando va a llegar.
-no, ¿para que la quieres?
-es que...
-mi apá no va a dejar que te regreses, ni lo pienses- interrumpió Enzo.
-no, si no me quiero regresar, es...
-tengo cosas que hacer, ¿qué quieres?- interrumpió nuevamente con una fría actitud.
-no, nada, solo dile a mi mamá que me hable al rato, que no se te olvide.
-si... bueno, adiós.
El hermano de Cristián cuelga de inmediato el teléfono, este solo observaba el revolver aun en el paquete, en su cabeza daba vueltas la idea de que el novio de Dolores había hecho una amenaza mas que cierta.
Abre el paquete de nuevo para leer la segunda nota, la cual saca con cuidado para no tocar el arma:

"Esta noche hay fiesta, ven, te tengo una sorpresa preparada, te va a encantar, ve a la dirección que te anoté abajo, la "party" empieza a las diez, no vayas a faltar por ningún motivo, con cariño, Dolores... Deja tu nuevo juguete en tu casa, guárdalo bien"

La nota, al igual que la nota externa, estaba impresa a computadora.

"Dolores estaba loca"- pensó extrañado, se levanta, toma la caja y abre la puerta, solo que, al hacerlo, una patrulla

pasaba frente a su casa, este queda paralizado y cierra la puerta lentamente. Deja la caja de nuevo sobre la mesa y observa por la ventana haciendo a un lado la cortina. Observa la patrulla hasta que esta desaparece y fija su vista hacia la casa de Dolores, la cual aun se miraba solitaria. Se levanta de nuevo y camina hasta la casa de la misma después de asegurar la puerta; llega hasta la puerta y toca un par de veces. Espera ansioso mas no obtiene respuesta. Toca de nuevo y espera, la noche estaba silenciosa, demasiado para ser tan temprano, aunque no tenía mucho pocos días de haber llegado, este conocía algunos de los ruidos nocturnos del barrio. Después de esperar algunos minutos, este regresa a su casa volviendo la cabeza hacia la casa de Dolores un par de veces. Asegura la reja, su puerta principal y apaga la luz para subir a su cuarto. Intrigado, este se quita sus zapatos y se recuesta en la cama, saca su reproductor de música y lo enciende después de colocarse los audífonos. Tenía la mirada fija en el techo, no podía concentrarse en la música ni en nada mas que en el arma de fuego que estaba sobre su mesa de centro; nunca antes había visto un arma aunque sabía que su padre guardaba armas en su casa, nunca tuvo la curiosidad de saber como eran.

"¿será real?"

Se quita los audífonos y baja en calcetines hasta la sala, abre de nuevo la caja y observa su contenido.

"se ve bastante real"

La toma con nervios soltándola de inmediato, el helado metal hace que sienta un escalofrío en la espalda; ríe

colocando sus manos en la cintura. Se acerca de nuevo y toma el revolver, lo toma con torpeza y con ambas manos, después de acercarlo a su rostro analizando los detalles dorados, este lo coloca de nuevo en la caja y observa la segunda nota. No era normal el regalarle una pistola al mismo tiempo que lo invitaba a una fiesta.
-debe ser una broma- justificó.
Exhala con mas confianza y lleva la caja con el arma en su interior hasta una gaveta de la cocina, la coloca en su interior y sube de nuevo para costarse a escuchar música. Tenía una ansiedad nerviosa, quería ir a la supuesta fiesta pero sentía que no debía, luchaba con miedos internos, pensaba que en la fiesta estaría Diego, seguramente al lado de Dolores con su arrogante actitud.

"...no creo que le haya contado de nosotros... No debe, además, me gusta Sonia, no tiene porque reprocharme nada.... Pero, que tal si Diego toma demás y quiere golpearme; ¿pero porque? No debe, tal vez no le agrado, pero no le he hecho nada malo; solo si Dolores le contó... No, no lo creo, ella tiene razón, fue lo que fue y que mejor se quede en el olvido... Y aun no se si este va a estar ahí... Ojalá y no, voy a llevar las notas... Pero a que voy si no me interesa Dolores... Ella me ayudó con la limpieza de la casa, una muy buena bienvenida, y luego... Eso olvídalo... Ir o no ir, esa es mi cuestión... Aunque tengo un par de horas para considerarlo bien..."

VIII

Pasadas las horas, cuando el reloj marca las nueve de la noche, desde su cuarto asoma su cabeza hacia la casa de Dolores, la oscuridad aun reinaba en su interior. Se recuesta en su cama sin poder dormirse, inestable y un tanto nervioso, recuerda la noche anterior en la que ambos habían estado en este mismo cuarto compartiendo sus fantasías carnales, Cristián sonríe, pero recuerda el revolver y a la amenaza hecha por su novio, la sonrisa se desvanece.

Sentía una gran curiosidad en su interior.

"¿por qué el revolver?"

Deseando que Diego estuviera excluido de la fiesta, este se da un baño y se alista saliendo presuroso con su suéter encima, si Diego hiciera acto de presencia en la fiesta, se regresaría de inmediato. Camina unas cuantas calles cercanas a su cuadra, en las mismas se podían apreciar algunas pandillas, unas mas escondidas que otras, unas mas numerosas que otras. Al dar la vuelta en una solitaria y poco alumbrada calle, una de estas pandillas sigue a Cristián con disimulo, al darse cuenta, este camina presuroso, los integrantes de la misma vestían con ropas holgadas, inconfundibles atuendos de sospechoso común.

"tal vez no te están siguiendo, solo caminan en la misma dirección... De todos modos no deberías cargar tanto dinero en la cartera... A la otra solo toma lo necesario y deja el resto en tu casa"

Un taxi pasa al lado de este deteniéndolo de inmediato, lo aborda ocupando la parte trasera ante la mirada de los pandilleros quienes siguen su rumbo. Saca la nota de la caja y lee la dirección anotada. Se reacomoda en su asiento exhalando aun con una ansiedad que nunca había sentido.

"me regalaron un arma de fuego verdadera y voy en camino a descubrir porque"- sonrió agachando la cabeza- *"debería haber invitado a Sonia"*

El taxi se detiene en un barrio que parecía ser común, iluminado y con casas alrededor que parecían estar ocupadas; había autos en las cocheras y unos mas estacionados en la calle, mas nadie caminando por estas.
-¿aquí es?- cuestionó admirado al tiempo que el taxi se detiene.
-así es señor- contestó el taxista.
-está medio solo ¿no?
-algo.
-¿cuánto le debo?- cuestionó sacando su cartera sutilmente.
-que sean... Cincuenta y cinco pesos.
-¿cincuenta y cinco pesos?- se admiró.

-¿qué? Esa es la tarifa mínima, eso te cobra cualquiera de aquí, aunque te lleve a la casa de tu vecino.
-si, si, si, está bien- respondió buscando el dinero su cartera, la cual contenía el resto de los cinco mil pesos que había sacado de su tarjeta. El taxista mira a Cristián por el retrovisor mientras mastica.
-tu no eres de aquí ¿verdad?
-no, ¿porque?- cuestionó extrañado.
-se te nota, ten cuidado.
-¿por que?- preguntó con interés Cristián, este le alarga el dinero justo al taxista.
-dicen que aquí espantan- contestó con seriedad viéndolo por el retrovisor, Cristián sonríe negando con su cabeza.
-ah, si, bueno traigo mi amuleto que mantiene los fantasmas y los demonios alejados... gracias, espero y disfrutes los cincuenta y cinco pesos- expresó al momento de bajar del taxi. -no lo decía por los fantasmas- exclamó el taxista en voz baja, para después alejarse del lugar acelerando su auto.
-tranza cabrón- se comentó Cristián. Camina apreciando el lugar citado, parecía ser una casa habitada, pero a la vez no, su barda, que alguna vez fue blanca, estaba llena de extraños símbolos hechos con pintura de aerosol y no dejaba margen para ver hacia el interior; llega hasta la puerta de la misma, la cuál está al lado de una cochera blanca igualmente rayada con aerosol. La puerta era color negro, gruesa y laminada totalmente, se acerca para tocar pero se detiene unos pasos antes.

"no hay música"- se extrañó, aunque sabía bien que en cuestiones de fiestas juveniles, las diez de la noche es apenas una hora de inicio para la diversión -*"creo que llegué muy temprano"*

La puerta no parecía estar completamente cerrada, con la yema de su dedo índice este la empuja abriéndola un poco. Pasa lentamente dejando la puerta abierta, la casa solo estaba alumbrada por un pequeño foco instalado encima de la puerta, el patio estaba sucio y desértico, había ramas secas por doquier, camina con nerviosismo, dudando, pues no se escucha mas que el constante chillido de los grillos, se detiene considerando el salir y regresar a su casa.

"aquí no hay ninguna fiesta"- Pensó.

Observa la casa y nota que el interior está iluminado mas no se ve a nadie, ni un solo movimiento. Queda de pie pensativo.
En el interior de la misma, en un cuarto escasamente iluminado, Diego y Raúl revisaban y contaban en las diferentes mesas una gran cantidad de drogas, grandes paquetes envueltos en bolsas de plástico selladas con cinta, pastillas regadas por doquier y varias bolsas de marihuana, separaban el producto para acomodarlo en una bolsa individual. Raúl, revisaba su reloj constantemente.
-y ¿qué vamos a hacer?- cuestionó este.
-vamos a entregarle todo esto a los policías pendejos y nos largamos- respondió Diego acomodando los paquetes de cocaína.
-digo... Tu y yo.
-tu...- exclamó alzando la mirada por un segundo -...no se, te di tu parte de la última venta y puedes hacer lo que quieras con ella... Yo, yo me largo con Dolores y me olvido de toda esta mierda, ya no quiero saber nada.

-no creo que me estés dando lo que me corresponde- señaló Raúl seriamente, Diego se detiene y vuelve su mirada hacia este extrañado.
-¿por qué no? ¿por qué crees que no es lo que te corresponde?
-son quinientos mil pesos Diego... Si las cuentas son claras, la última venta fue de un millón, ¿quién le compra un millón en drogas a un adolescente?
-una persona muy viciosa con mucho dinero- respondió rápidamente continuando con su trabajo. Raúl lo observa con seriedad.
-la mejor venta que hemos hecho... Tu y yo juntos, fue de doscientos mil pesos... Hace dos años. -¿y eso que?
-vendimos la mitad de la mercancía en esa venta- Diego acomoda las cosas con lentitud, incómodo, este agacha la mirada en un par de ocasiones -mira las mesas... Aún tenemos lo mismo y dices que se lo vas a dar a la policía... Eso quiere decir que no hubo venta.
-te di mas de lo que te corresponde- señaló molesto -esto se acabó... Mételo en tu cabeza, esto ya no es de nosotros... No se tu pero yo no quiero que esos pendejos corruptos le hagan algo a Dolores o a mi... Se acabó Raúl, entiende eso.
-¿de donde sacaste el dinero?- insistió Raúl.
-¿por qué me lo preguntas hasta ahora? ¿qué caso tiene?
-creo que me ocultas algo Diego... Te conozco, pero al parecer, no tanto.
Diego coloca sus manos sobre la mesa y baja la cabeza exhalando malhumorado.
-tu nunca me dijiste... Que es lo que hacían tus amigos con los cuerpos- alza su mirada con seriedad.
-los desechaban... Para eso les pagábamos.

-nadie... Nunca encontraron los cuerpos... Y lo que les pagábamos era muy poco para un trabajo tan bien hecho, ¿cómo puede ser eso posible?- Diego se reincorpora y cruza sus brazos fijando su mirada en Raúl -¿por qué lo pregunto hasta ahora?... Porque nunca me importó... Porque confiaba en ti, así que... Los dos tenemos secretos... No me importa lo que les hagan, por mi se los pueden comer... Así que a ti no te debería importar de donde saqué el dinero...
Es suficiente y mas de lo que podrías ganar en un año de trabajo *"decente"*.
Raúl baja la mirada y su seriedad se desvanece lentamente, asiente y continua con su trabajo, Diego exhala con sutileza y continua.
-¿qué vamos a hacer con las armas?- cuestionó Raúl observando algunas pistolas automáticas, un par de revólveres y una escopeta recortada -¿se las vamos a *"regalar"* también?
-navidad se les adelantó con muchos regalos a los pendejos- asintió Diego, Raúl se acerca a las mismas y las toma para meterlas junto con la droga. En eso, se deja escuchar un ruido en el exterior, ambos se voltean a ver quedando en silencio.
-¿qué fue eso?- cuestionó Diego. Raúl niega con el rostro endurecido mientras Diego camina hacia la puerta, mete la mano en la bolsa frente a Raúl y saca un arma, sale en silencio acomodando una navaja en su bolsillo trasero, Raúl queda detrás de este y observa la hora en su celular, caminando despacio, sin siquiera hacer el mínimo ruido, estos se acercan a la recámara que solía ser la sala de la vieja casa, era un cuarto oscuro, Diego se acerca a la ventana y con el arma mueve un poco la cortina, logra ver apenas la espalda del extraño.

Regresa con Raúl caminando despacio.
-voy a salir... Quédate aquí.
-¿quién es?- cuestionó Raúl en voz baja.
Diego se aleja sin contestar y sale por la puerta trasera sigilosamente, camina pegado a la pared por el pasillo que divide la barda de su vecino con su casa hasta llegar a la esquina de la misma, se agacha de nuevo y asoma su cabeza, el sujeto se mantenía parado con las manos en sus bolsillos. Diego observa alrededor y se extraña al ver la puerta se aluminio abierta, la luz del foco encima de la puerta no iluminaba dificultando la visión de su cuerpo, sale en silencio y lentamente hasta llegar al lado del intruso y apunta directo a su cabeza.
-hey- llamó este, el sujeto vuelve el rostro lentamente, tenía su boca abierta y los ojos dilatados, su saliva se acumulaba hasta que este la pasaba con torpeza, este portaba una chaqueta de cuero vieja y maltratada al igual que su cabello -no te muevas- señaló, se acerca y abre la puerta. Raúl sale caminando con tranquilidad, pero se extraña al ver al intruso. -¿y este quien es?- cuestionó, el intruso vuelve su mirada hacia este y sonríe cerrando sus ojos lentamente, murmura un par de palabras ininteligibles y alza su mano mostrando algunos billetes maltratados.
-es un pinche vicioso- señaló Diego -¿qué quieres comprar?- el intruso alza la cabeza observando hacia arriba y ríe.
-está bien "ido"- el extraño alarga el dinero a Diego quien sonríe entregándole el arma a Raúl, -aquí no tenemos nada- señaló este tomándolo de un brazo para acompañarlo a la salida, el intruso se niega con molestia -hey, hey, cálmate "vato loco"- exclamó después de soltarlo. Vociferaba derramando su saliva por su cuello

aun alargando el dinero. Raúl lo observa negando con su cabeza, saca su celular y mira de nuevo la hora.
-¿por qué no le das un poco y que se largue?
Diego niega con la cabeza observando al intruso.
-porque aquí no hay nada, ¡¿entendiste?! Vicioso pendejo, ahora lárgate- el intruso observa a ambos con enojo y saca de su chaqueta una pistola, este la sostiene directo hacia Diego, quien alza ambas manos con nerviosismo - calmado, calmado... Si quieres un poco, está bien, te lo daremos... Pero vas a tener que bajar eso.
-yo te la traigo- exclamó Raúl caminando lentamente hacia atrás, el extraño aun apuntaba su pistola a Diego, quien lo observaba enfurecido.
-escuchaste... Mi amigo va a traerte un poco- este baja sus manos colocándolas detrás -no hay necesidad de que me apuntes con eso -el intruso vuelve su cabeza hacia la entrada de la casa entrecerrando los ojos, Diego toma su navaja y se lanza sobre este acertando la misma en un costado, lo derriba insertando en repetidas ocasiones la navaja sobre su cuerpo, el intruso abre su boca en un esfuerzo por pedir auxilio, pero Diego la tapa colocando su mano encima, lo único que se deja escuchar es gemidos ahogados. Al momento en que este deja de moverse, Diego se levanta lentamente con cierto orgullo, Raúl sale de la puerta.
-¿lo mataste? ¿por qué?- cuestionó molesto.
-porque nadie me amenaza con una pistola- respondió - creo que el pendejo era mudo- señaló al tiempo que recoge su pistola. Dispara un par de veces sin respuesta, solo se escucha el golpe del martillo, el arma estaba descargada, Diego sonríe negando con su cabeza y vuelve su cabeza hacia Raúl, quien observaba fijamente la entrada, este vuelve la vista en la misma dirección y logra

ver a Cristián parado bajo el marco de la puerta, se mantenía paralizado observando el cadáver, al notar la mirada de estos encima este sale corriendo de inmediato, Diego sale detrás del mismo aun con su ensangrentada navaja en la mano. Cristián dobla en una esquina mientras Diego resbala con un pequeño charco sobre la calle soltando la ensangrentada navaja, se reincorpora con coraje y la toma de nuevo, dobla la esquina pero el rastro de Cristián ya estaba perdido, se toma de la cintura respirando profundamente ahogando su furia.
-¡puta madre!
Regresa a la casa caminando presuroso volviendo la mirada hacia alrededor, algunas personas observaban por la ventana. Llega hasta la casa y cierra la puerta asegurándola, observa el cuerpo inerte y a Raúl quien se mantenía de pie con una molestia nerviosa.
-¿quién era?- cuestionó este.
-un pendejo que va en mi salón.
-¿en tu salón?- cuestionó extrañado Raúl, Diego asiente exhalando con malhumor -¿qué vamos a hacer con este?
-este no me importa, voy a buscar a ese pendejo mirón- Diego se introduce a la casa presuroso, Raúl lo sigue caminando despacio -vamos a hacer una última visita- este se introduce al baño mientras Raúl se introduce al cuarto y abre la bolsa con las armas, Diego limpia sus manos y la navaja guardándola de nuevo en su bolsillo trasero, observa su mirada en el espejo y respira con lentitud intentando calmarse.
Cristián aun estaba cerca, caminaba lento con un cansancio que le impedía respirar, vuelve la cabeza hacia atrás constantemente esperando ver a su perseguidor cerca, observa las luces de un pequeño restaurante de comida rápida, se acerca y se introduce de inmediato; en

el lugar hay poca gente, nadie observa la entrada del mismo, camina un poco y se mete al baño de hombres para esconderse en el último de los cuatro compartimentos, se sienta en el sanitario respirando con dificultad.
-¿cómo es que sabes donde vive el pendejo?- cuestionó Raúl dentro de la camioneta, Diego aceleraba con una mirada enfurecida.
-vive enfrente de la casa de Dolores.
-¿ella te dijo?
Diego asiente sin parpadear, Raúl se reincorpora en su asiento dando unas cuantas miradas a este, niega con su cabeza y lleva sus manos a su frente.
-¿cómo es que supo de la cueva ese costeño?- se preguntó Diego -no creo que Dolores le haya dicho algo... ¿para que?
Raúl vuelve su mirada hacia este con la mandíbula endurecida.
-¿quién mas?... ¿qué es lo que piensas hacer?
-buscar al pendejo, todavía debe estar por ahí... Si no, me voy a meter a su casa y darle un balazo en la cabeza- este negaba malhumorado entrecerrando los ojos -¿qué chingados hacía ahí?
Cristián se mantenía oculto en el baño, saca su celular y marca a la casa de sus padres, espera el tono con paciencia mientras sus manos empiezan a temblar y su respiración se vuelve incontrolable, con una mano sostiene el celular cerca de su oído con la otra toca su rostro con nerviosismo; el tono parecía sonar cada vez mas despacio y mas incómodo, golpeaba constantemente el suelo con su pié derecho mientras cerraba los ojos y se pasaba la mano por el cabello. El tono deja de sonar escuchándose la grabación del contestador automático.

"por ahora no estamos en casa, deja tu mensaje y después nos comunicamos, adiós"
No recordaba la última vez en que había escuchado el mensaje de su madre en aquella máquina, pero al escucharla, la odio injustamente. Apaga el celular y se golpea la cabeza levemente con el mismo. Deseaba estar en su hogar, castigado, encerrado en su cuarto pero seguro, era la primera vez que extrañaba a su padre.
La puerta del baño es abierta, alguien había entrado, Cristián sabía bien ese no era un lugar seguro para estar, es un lugar público al que entrarán y saldrán a cualquier hora. Queda en silencio, guarda su celular en la bolsa de su suéter, no se escuchaba ruido alguno aunque intentaba agudizar su oído, parecía no haber nadie afuera, intenta controlar su respiración mientras mantiene sus ojos abiertos. Unos pasos se dejan escuchar, se reacomoda en el sanitario como si pudiera ocultarse mas, entre menos espacio sentía pensaba estar mas seguro. Parecían ser pasos de zapatos grandes, el sonido reverberaba en el cuarto. La puerta de uno de los compartimentos es abierta, Cristián solo espera, los pasos se escuchan de nuevo y otra puerta es abierta, este se extraña y mira hacia un lado, alguien estaba revisando el baño, la puerta del baño contiguo es abierta también, así como en la mayoría de los baños públicos, las paredes de los compartimentos estaban separadas del suelo, Cristián logra ver un par de zapatos amarillos, grandes y mugrosos, ambos mal abrochados, de repente se acercan a su escondite y se plantan frente a su puerta. Esta se abre haciendo que Cristián se apegue aun mas, quien abría era el encargado de mantenimiento del local, un viejo que tenía solo un poco cabello y el que restaba estaba ya invadido por las canas.

-¿y tu quien eres?- cuestionó el viejo sorprendido al ver que la puerta no estaba trabada y ver Cristián haciendo nada -¿qué estas haciendo?
-nada- respondió con tranquilidad.
-no te puedes quedar aquí... Ya vamos a cerrar- el viejo se hace a un lado señalando hacia la puerta, Cristián estaba mas relajado, pero aun no estaba seguro. Mira a los tristes ojos del anciano que no dejaba de verlo como a un molesto intruso que le retrasaba el trabajo, tenía intenciones de explicarle lo que hacía ahí, decirle que lo seguían, y que había visto un asesinato, pero ¿de que ayuda le sería el pobre anciano? Cristián, agacha la mirada, se levanta y sale del baño, el anciano solo lo observa salir.

Al llegar a la casa de Cristián, Diego estaciona su camioneta unas cuantas cuadras antes sobre la misma calle, desde el lugar se podían observar la casa de Dolores y la de Cristián.
-la casa del costeño es la de enfrente- señaló este.
-¿cómo sabes?
-"es mi vecino de enfrente" dijo ella- exclamó Diego imitando un femenino acento. Raúl lo observa con nerviosismo.
-¿qué hora es?
-poco mas de las diez- respondió sin siquiera verificar -¿qué vas a hacer?
-me voy a meter a la casa, cuando llegue lo mato- abre la puerta, se baja y coloca su arma en la parte trasera de su cintura sujetándola con su pantalón, se reacomoda su holgada camiseta observando hacia los lados, las calles estaban ocupadas por algunos caminantes.

-¿por qué no te esperas?
-¿para que?... Estoy a un paso de largarme de aquí, de olvidarme de todo y salir limpio... Este pendejo no me va a detener.
-si alguien te ve metiéndote a su casa le van a hablar a la policía.
-me vale madre la policía.
-si te vale madre... ¿entonces porque el apuro?- cuestionó Raúl con una sonrisa burlona, Diego le devuelve una mirada intimidante -mira... Solo... Escúchame, espera a que llegue, para que estés seguro de que está dentro...
-¿y si no llega nunca? ¿qué tal si ya está dentro?- interrumpió seriamente.
-si no llega no vas a solucionar nada, solo vas a perder el tiempo, además que no sabes si esa es en verdad su casa- Diego junta sus labios pasando saliva -y no creo que sea tan rápido como para que ya esté ahí.
Duda unos segundos observando hacia los lados, sube a la camioneta y asegura la puerta. Saca su celular y marca a Dolores, la llamada no entra.
-Dolores tiene el celular apagado... Que novedad, no se porque lo apaga después de las diez.
-¿no sabes que hace después de las diez?
Diego queda en silencio, pensativo.
-en realidad... Nunca me lo había preguntado... Nunca me he quedado tan tarde en su casa.
Raúl sonríe sutilmente al tiempo que observa la casa de Cristián.
-¿qué vas a hacer si no aparece el costeño?
-no lo se... Pero no me puedo ir así, no después de lo que vio, nunca antes me habían visto matando a alguien y nunca me habían salido con fregaderas los policías, no voy a hacer mas grandes lo problemas, no por culpa de

este pendejo- Raúl se mantenía disimuladamente inquieto, llevaba su mano a su frente como si le invadiera un incómodo dolor -no crees que... ¿sería mejor si nos deshacemos de cuerpo del vago... Con la ayuda de tus amigos? Si el costeño habla... No va a tener evidencias- razonó Diego, por primera vez sentía un orgullo verdadero de si mismo.
-¿tu crees?- cuestionó Raúl con sarcasmo. En ese momento, un taxi se detiene frente a la casa de Cristián.
-mira... Llegó alguien.
-¿es el costeño?
-tiene que ser el costeño... ¿quién mas?
Ambos se recuestan en sus asientos intentando ocultarse, aunque, debido a la oscuridad, nada se percibía en el interior de la misma. Después de que el taxi se aleja, el individuo abre la cerca corriendo deprisa a la puerta para introducirse a la casa.
-pues creo que ya llegó- comentó Raúl.
-vamos a visitarlo- Diego quita las llaves y baja de la camioneta cerrando la puerta, hace una seña a Raúl para que baje con el, este baja rato después acercándose.
-dame la llave.
-¿qué?
-dame la llave, si vamos los dos es mas fácil que nos vea... Ve tu solo, después de que lo mates, corres hacia la calle, yo voy a tener la camioneta encendida.
Diego saca las llaves entregándoselas a Raúl, quien las toma y se introduce a la camioneta, espera a que Diego cruce la calle y se aleje un poco para encenderla con los faros apagados. -es mas fácil que venderle frijoles mágicos a un niño- comentó moviendo su cabeza hacia los lados.

En el interior, Cristián, con su rostro sudado, caminaba de un lado hacia otro sin saber que hacer, saca su celular y se acerca al refrigerador, en este había pegado un viejo imán con los números de todos los servicios de emergencia, localiza el número de la estación de policías. -bueno...
-departamento de policía- contestó una mujer con una cálida voz que a mismo tiempo sonaba cansada.
-pueden mandar una... una patrulla.
-me podrías decir de donde nos hablas por favor.
-la calle se llama, ah, no... No me acuerdo -¿no te acuerdas?
-a ver espéreme- este saca su cartera y busca el papel con la dirección anotada.
-¿cómo te llamas?- cuestionó la operadora al escuchar la juvenil voz.
-Cristián.
-bien Cristián, mira, nos han hecho varias bromas...
-¡no es broma!- interrumpió Cristián buscando con torpeza.
-esta noche ya van dos que nos hacen y....- la llamada se interrumpe cuando el saldo del celular se agota completamente, cierra sus ojos apretando el celular, lo apaga y lo deja encima de la mesa resignado. Se toma del cabello apretando sus mandíbulas y se sienta en el suelo al lado de la barra de la cocina. Un ruido se deja escuchar afuera.
"alguien cruzó la reja"- pensó Cristián agudizando sus oídos, este recuerda que no aseguró el candado de nuevo, la puerta estaba abierta. Siente una vibración en todo su cuerpo, se agacha aun mas pasando saliva. Asoma su cabeza con cuidado hacia la sala mirando las ventanas, no había nada, se acomoda de nuevo recargándose a la barra y suspira, aunque las luces estaban apagadas.

“no saben donde vivo, no pueden ser ellos, no puede ser nadie”
Observa los cajones de la cocina y recuerda la pistola; se levanta despacio, abre uno de estos y saca la caja con algo de dificultad. Al tener el revólver, la toma con ambas manos, nunca antes había sostenido un arma. Camina despacio, con inseguridad pero sin miedo, sus manos no temblaban, lo cual llamaba su atención, apuntaba con firmeza hacia la puerta como si ya lo hubiera hecho antes; de repente, algo suena detrás de el, en la cocina, regresa la mirada despacio, sobre la barra, iluminado escasamente por la luz de un faro cercano, se apreciaba la silueta del gato, permanecía inmóvil y con su mirada fija en el.
-¿como entraste?- cuestionó Cristián bajando el arma. Un golpe certero hace que la puerta se abra con rapidez, Diego la había pateado con mucha fuerza, por simple reflejo, Cristián alza de nuevo la pistola.
-excelente- exclamó Diego introduciéndose lentamente -tu también estas armado cabrón- saca su arma y cierra la puerta con sutileza, la casa no estaba completamente oscura, con una mano busca el interruptor en la pared aun con la mirada fija, lo encuentra y enciende la luz.
-v-vete de mi casa- ordenó Cristián con una quebradiza voz.
-no lo creo- Diego sostenía el arma con una mano, apuntaba de lado con una arrogante actitud, este cambia el semblante al reconocer el arma en las manos de Cristián -¿de donde chingados sacaste esa pistola?
-por favor vete de mi casa- insistió.
Diego observaba de pies a cabeza a Cristián sorprendido.
-¿de donde sacaste esa arma?- cuestionó son seriedad.
-la, la encontré en la entrada ahora... Dolores la puso ahí.

-¿Dolores?- se admiró, niega con la cabeza entrecerrando sus ojos, siente un leve mareo ante la confusión -¿cómo sabes que fue ella quien la dejó ahí?
-estaba en una caja y con una nota firmada por ella... Por favor, vete de mi casa, ya le hablé a la policía.
Diego mantenía su seriedad aun observando a Cristián, este baja levemente su arma.
-está bien... Creo que tu no eres quien me va a contestar estas preguntas- señaló alzándola de nuevo hacia Cristián.
El sonido de un disparo resuena en toda la casa, ambos, paralizados y aun de pie, se miraban extrañados, Diego baja su arma y observa a Cristián quien permanecía inmóvil. Observa su arma y la baja, dispara en un par de ocasiones hacia el suelo, el hueco sonido de la cámara vacía extraña a Cristián. Diego alcanza a apreciar en su camiseta una rasgadura, la bala que se había escuchado provenía del arma de Cristián y había pasado a escasos centímetros de su estómago. Este recordó de inmediato el momento en que Raúl cuestionó sobre las armas, pensaba que sin duda, esta las había vaciado todas.
-vete de mi casa por favor, no te lo voy a repetir- declaró Cristián exhalando con una confianza inusual en su carácter. Diego alza su mirada colocando su arma de nuevo en la parte trasera de su pantalón, con disimulo, introduce su mano en su bolsillo para sacar la navaja.
-está bien, me voy a ir... Pero debo aclarar algo.
-no hay nada que aclarar- señaló Cristián, algunas gotas de sudor resbalaban por su mejilla mientras pasaba saliva.
-si lo hay- saca su navaja por completo abriéndola con su pulgar hasta dejar la cuchilla asegurada -no se que chingados hacías ahí, pero no me importa... Solo quiero asegurarme de que tu boca se va mantener cerrada...
-no vi nada, lo juro.

-eso espero... Porque de lo contrario...- Diego clava la mirada en Cristián.
-¿de lo contrario que?
Se abalanza con arrebato alzando su navaja, Cristián cierra sus ojos y dispara ojos. El cuerpo de Diego cae a sus pies, temblaba y escupía sangre respirando con dificultad, Cristián camina hacia un lado observando el rostro del mismo, sus ojos se mantenían abiertos y la sangre brotaba a chorros por la herida en su cuello, después de unos momentos su cuerpo se deja de mover. Deja el arma sobre la barra y observa a todos lados, abre y cierra sus manos retorciendo su rostro, todo parecía irreal, como si estuviera en medio de una pesadilla. Siente un mareo que lo desequilibra, vomita un poco y se agacha para recostarse en la pared, observa el cuerpo de Diego yaciendo en un océano de sangre que cada vez se volvía mas abundante y mas oscura; cerraba una y otra vez sus ojos, observa hacia la ventana y se levanta, camina despacio sin parpadear, mueve la cortina a un lado observando la calle; no había nadie.
-debo llamar a la ambulancia- exclamó este, abre la puerta pero al intentar salir, ve a lo lejos una patrulla acercándose, al lado de su casa había dos señores de edad madura, platicaban entre ellos encogiéndose de hombros por el frío. Los demás vecinos, se mantenían en el interior de sus casa, al igual que Cristián, solo observaban por las ventanas, solo que estos tenían las luces encendidas. Cierra la puerta de inmediato y se sienta en el suelo recargándose sobre la misma -yo no hice nada... El se metió, la pistola... La pistola no es mía- se decía en voz baja observando el cuerpo. Agacha su cabeza ahogando las lágrimas, su mente estaba confundida, doblas las piernas y coloca sus brazos sobre las mismas escondiendo

su cabeza en estos. Los murmullos de afuera descontrolaban sus nervios, sentía que todas la miradas de sus vecinos veían hacia su casa. *"no me pueden hacer nada"*
Un par de golpes se escuchan sobre la puerta acompañados de un *"buenas noches"*. Cristián palidece al escuchar el sonido, alza la cabeza y cierra sus ojos, respira profundo con lentitud y se levanta. Este se alborota mas el cabello y talla sus ojos. Abre la puerta un poco revelando solo su rostro.
-si, buenas noches- atendió con cansancio. Quienes llamaban a su puerta eran en efecto, un par de policías.
-buenas noches- contestó uno de ellos.
-¿q-qué se les ofrece?
-recibimos una llamada, uno de los vecinos dijo que alguien había entrado a esta casa por la fuerza- señaló cortésmente -y ahora nos informan tus vecinos que se escucharon disparos también.
-¿disparos?- preguntó Cristián extrañado.
-así es- interpuso el otro policía con un autoritario tono.
-no, n-no fueron disparos, debe haber sido una tabla que se me cayó, es que.... estoy acomodando la casa, está muy sucia y...
-¿está usted solo?- cuestionó el primer policía dudoso.
-si, vivo solo.
-¿seguro?- cuestionó -te ves muy tenso.
-estoy bien... gracias, solo es, cansancio, estaba dormido, he estado trabajando desde la mañana.
-pensé que estaba acomodando su casa.
Cristián lo observa seriamente.
-estaba acomodando la casa y me quedé dormido por el cansancio.
-¿podemos pasar?- cuestionó el otro policía acercándose.

-no- interpuso Cristián cerrando un poco mas la puerta.
-es solo para asegurar.
-n-no pasó nada, estoy bien... De verdad que estoy bien.
-solo queremos asegurarnos de que en verdad todo está bien hijo- señaló el primer policía.
-no van a pasar- señaló Cristián con seriedad -no sin una orden.
Ambos policías se voltean a ver extrañados.
-estamos aquí para ayudarte, no para molestarte... No tienes porque estar a la defensiva, ¿cómo te llamas?
-estoy muy cansado, y, en verdad quisiera dormir, mañana tengo que levantarme temprano para ir a la escuela.
-poca gente duerme con la luz encendida ¿qué escondes muchacho?- cuestionó el segundo policía con un tono arrogante. Cristián se admira, pero al mismo tiempo empieza a molestarse. -no escondo nada- respondió con frialdad -buenas noches- este cierra la puerta, aunque esta no cerraba muy bien. Ambos policías quedan extrañados ante la actitud de Cristián, atraviesan el patio y cierran la puerta de malla, estos le indican a los vecinos que no hay problema y que regresen a sus casas.
"pude haberme hecho vicioso, pude haberme hecho ladrón tal vez, pero nunca un asesino, no soy asesino"- Pensaba Cristián, cerraba sus ojos pensando que todo había pasado muy rápido. La situación se había descontrolado tanto que todavía no asimilaba el haber cometido tal atrocidad.
" debiste haberle explicado a la policía la verdad, debiste habérselos dicho..."
Camina cuál zombi de un lado hacia otro hasta toparse con la puerta del sótano, regresa la mirada y sigue caminando. Raúl, aun en el interior de la camioneta, se

mantenía oculto e inmóvil, al ver alejarse la patrulla este sonríe y se reincorpora, y da marcha atrás con las luces apagadas, reacomoda el vehículo en la calle perpendicular, enciende los faros y se aleja. La luz del sótano se enciende, Cristián observaba el interior con una intensa mirada, observa el baúl durante unos momentos, camina despacio hacia este y lo abre, su contenido no eran mas que papeles viejos, amarillos y desgastados, cierra el baúl y sale rápidamente. Regresa hacia Diego y lo toma de los pies arrastrándolo por el piso manchándolo de sangre ya coagulada, lo baja lentamente por los escalones sin importarle el ruido que hace su endurecida cabeza al golpear los mismos, el cuerpo se sentía mas pesado. Al llegar hasta el baúl, este lo abre sacando todo en su interior. Con dificultad introduce el cuerpo de Diego en el mismo, el cuerpo ya estaba endurecido, al sentir la fría piel del mismo, este vomita hacia un lado cerrando sus ojos, escupe al tiempo que intenta ahogar su llanto, la saliva corría por garganta y su mirada parecía perdida, continua hasta acomodar todo el cuerpo en el interior, lo cierra observando las manchas de sangre por doquier. En silencio, se levanta y camina hacia la salida, se sienta en las escaleras del sótano observando el baúl. En su interior estaba un cuerpo sin vida, una vida que el había arrebatado. Sonreía al tiempo que negaba con su cabeza, pero al mismo tiempo endurecía sus labios regresando a su boca la abundante saliva, no parpadeaba y respiraba con lentitud. Minutos después, se levanta y sale de nuevo, se detiene al ver el rastro de sangre en el suelo, niega con la cabeza y con cuidado de no pisar encima, llega hasta la ventana de la sala y observa hacia la calle, no había nadie en la misma, espera unos minutos antes de salir de su casa. Algunos vecinos observaban aun desde sus ventanas, a este no le importaba salir aun con manchas de sangre en sus manos y camina hasta llegar a la casa de Dolores, toca un par de veces esperando respuesta. Nadie contesta el llamado, la oscuridad en el interior y el silencio le aseguran que la casa estaba aun vacía. Regresa a la suya caminando despacio, pensativo, con ganas de huir pero... ¿hacia dónde?

Pasa la reja y asegura el candado, se introduce a su casa y cierra la puerta asegurándola también. Se introduce al baño para sacar productos de limpieza. Con la ayuda de los periódicos viejos del sótano, limpia la sangre del piso, su rostro carecía de expresión. Limpiaba arrojando cloro en la sangre para tallarla con el periódico hasta absorberla, coloca los mismos en bolsas negras para basura. Tarda varios minutos hasta que limpia el piso por completo, toma el arma que traía consigo Diego y la arroja en el interior del baúl. El cuerpo enrollado del mismo aun destilaba sangre, Cristián lo observa, cerraba los ojos intentando apreciar la imagen ante el, llena el interior con papeles hasta ocultar el cuerpo. Sale del sótano después de apagar la luz y cierra la puerta. Sobre la barra de la cocina se encontraba el oscuro felino, y a su lado, el arma homicida, la mirada del mismo parecía burlarse de Cristián. Un maullido lento y agudo sale del animal, su cola se desplazaba de un lado hacia otro con un movimiento hipnótico, era el único testigo de su homicidio. Camina hacia este con lentitud, al verlo, el animal da un brinco hacia el piso, camina hasta la sala y se detiene para dar una última mirada a este, sigue su camino y sale por la puerta, la cual estaba abierta un poco. Cristián desliza su mano sobre su rostro y camina hasta la puerta para cerrarla de nuevo, estaba rota, este la asegura colocando el sillón mas grande frente a la misma y se sienta. Observaba todo y a la vez nada. Había un silencio tenso, nada se escuchaba, sentía que sus oídos ardían, tal vez debido a los disparos, tal vez por el estrés. Da una mirada a la barra y a la pistola, la observaba detenidamente, se levanta y camina hasta tomarla y guardarla de nuevo en la caja, toma un vaso y lo llena con agua de la llave del zinc, no le importaban sus acostumbrados modales, da un gran sorbo y desecha el resto respirando con rapidez. Regresa al sótano encendiendo de nuevo la luz para sentarse sobre los escalones.

Ya entrada la madrugada, el cansancio lo invade, se levanta y sube hacia su cuarto dejando la puerta del sótano abierta y la luz encendida. Se recuesta en su cama aun con los zapatos puestos y se duerme profundamente.

Minutos después de haber conciliado el sueño, Cristián empieza a tener una extraña pesadilla, se encontraba en un cuarto oscuro y pequeño, a su alrededor, una muy grave voz exclamaba repetidamente en susurro:

"ASESINO"

Cristián siente una sofocación en su interior, inútilmente trata de salir, se desespera rasgando las paredes, pero sus uñas se deshacen y sus dedos se desgarran hasta los huesos; su piel empieza a ser invadida por un extraño color grisáceo y verde, empieza a caer en trozos grandes, el fétido olor lo invade hasta provocarle un vómito de sangre, sus órganos caían a el suelo mientras diversos gusanos de gran tamaño consumían los pedazos caídos, sus manos, enroscadas, ahora no son mas que huesos de un color gris, agrietados y empolvados, estos empiezan a desvanecerse lentamente como ceniza. Cristián se mueve bruscamente alrededor de su cama, desesperado, lanza un

grito desgarrador lo cual, al instante, lo hace despertarse en medio de un mar de sudor y miedo.
-fue un sueño, fue solo un sueño- exclamó respirando con mucha dificultad al tiempo que se tocaba el cuerpo. Acomoda de nuevo su cabeza en la almohada e intenta dormir, respira cada vez con mas lentitud hasta calmarse. Intenta reconciliar el sueño, pero siente algo entre sus pies, algo parecía moverse entre estos, intenta alzar el rostro nuevamente pero se sentía paralizado, observa alrededor pero no hay mas que oscuridad, siente sobre su cuerpo unas diminutas patas que caminan lentamente hasta llegar a su pecho, algo se acerca al rostro de Cristián dando un engañoso ronroneo, el aliento del animal llega hasta su mejilla, un pequeño maullido hace que este se levante de inmediato, arroja al animal hacia un lado, y se levanta para encender la luz; mira a su alrededor, pero no hay rastro de la criatura, revisa debajo de la cama y detrás de los muebles mas no encuentra nada.
-gato pendejo- se expresa a si mismo, regresa a la cama y se acuesta para dormir de nuevo, esta vez con la luz prendida.

IX

La luz del sol penetra por una de las ventanas iluminando el rostro de Cristián. Eran poco mas de las seis de la mañana, un nuevo día acababa de iniciar. Tenía el rostro cansado, sus ojos hinchados y un rosado color que le molestaba al parpadear. Había dormido poco pero no tenía intenciones de dormir más; su angustia

incrementaba al igual que los latidos de su corazón, había un cadáver en su sótano, algo difícil de digerir mentalmente.
Se sienta tomándose de la cabeza.
-¿qué es lo que voy a hacer? ¿qué demonios es lo que voy a hacer?- se dijo a si mismo con una muy fina voz. Se levanta y se acerca a su ventana, mueve la cortina observando la casa de Dolores deseando verla, quería una explicación.
"¿ella es la culpable de mi situación? ¿cómo podría saber lo que iba a pasar?"
Segundos después regresa a la cama casi a arrastras y se sienta en la misma tallándose los ojos mientras se recuesta, mira hacia el techo pensativo, sus labios permanecían paralizados y resecos. Las cosas se habían salido de control, no era su culpa, había matado a alguien que no conocía con una pistola que no le pertenecía, consideraba ir a la policía, explicarles con detalles lo que había pasado, pero tenía miedo, ese miedo silencioso que no deja razonar y deja fuera toda lógica, solo deseaba esconderse, desaparecer; pero no podía mantenerse encerrado, tampoco podía huir.
"*¿qué debo hacer?*"- Se cuestionaba a cada instante. Ya no tenía lágrimas, aunque tenía ganas de llorar, tampoco tenía ganas de vomitar aunque aun se sentía mareado. Se cuestionaba también sobre lo que hubiera hecho si le hubiera pasado en su ciudad natal, ¿como habría reaccionado? ¿a quien hubiera acudido? Las respuestas eran simples y lógicas, sus padres le habrían ayudado.
Minutos después, se introduce al baño y lava su rostro; sale secándose con una diminuta toalla caminaba pasmado, sin prisa, sin ganas, como un robot que hace las

cosas para las que está programado, no había sentimientos en su corazón.
Baja las escaleras hasta llegar a la cocina, se sirve un gran vaso de agua y observa el piso recordando lo sucedido, siente como un color amarillo le invade la mirada. Deja el vaso en la barra cerrando los ojos.
-necesito saber- se dijo a si mismo, toma su celular, el cual aun estaba encima de esta y sale de la cocina y remueve el sillón que aseguraba la puerta, camina directo a la casa de Dolores cruzando la calle sin cuidado por los autos. Su rostro, bajo la luz del sol, tenía un pálido que resaltaban sus ojeras. Toca la puerta un par de veces y espera durante un largo periodo; al no tener respuesta, decide inspeccionar asomándose por las ventanas, solo que todas estas tienen la cortina abajo, eran de un color blanco casi transparentes, pero aun así se dificultaba la visión al interior. Al no tener una barda o una cerca de protección, este rodea la casa y llega hacia la parte trasera, en la cual hay otra puerta, toca de igual forma y espera; pero es inútil, no había nadie, no tenía otra opción mas que bajar su cabeza y resignarse, sentía un nerviosismo que le incomodaba en el estómago, sabía que el estrés le devoraría las entrañas. Regresa a su casa lentamente; al entrar, se sienta en uno de los sillones con la mirada hacia abajo, pensativo.
Este recuerda su celular y su falta de tiempo aire. Se levanta con rapidez y saca su cartera, toma unos cuantos billetes y deja la misma con el resto sobre la mesita de centro.
Sale caminando presuroso, sabía que habría tarjetas para su celular en el comercio cercano, el cual estaba solo a dos cuadras de su propiedad y estaba abierto las veinticuatro horas. Al llegar, pide rápidamente una

tarjeta, la mirada curiosa de los clientes era incómoda; sabía bien que lucía mal, que la gente lo miraba extraño y sospechaba, pero no le importaba, mantenía su rostro indiferente. Después de pagar, camina de vuelta a su casa, el trecho parecía ahora mas largo.
Mientras camina introduce el código de la tarjeta. Observaba hacia los lados sintiendo una paranoia que incrementaba con cada paso que daba. Llega hasta su casa y entra cerrando la puerta, la asegura acomodando de nuevo el sillón. Llama a sus padres pero de nuevo el tono se alarga y suena la grabación de la contestadora, cierra los ojos con enojo y lanza hacia el suelo el aparato viendo como el mismo se despedaza en varios pedazos. Coloca sus manos en su cabeza y espera unos segundos antes de levantar la mirada de nuevo. Pasa la vista alrededor de la casa con molestia, todo le parecía ajeno justo cuando había empezado a sentirse familiarizado con el lugar.
"este no es mi hogar... Yo no pertenezco aquí"
Se levanta y toma su cartera. Sale de su casa sin importarle dejar la puerta principal y la cerca abiertas aun con sus pertenencias en el interior. Camina sin rumbo hasta que encuentra un taxi y le ordena que lo lleve a la estación de autobuses. Deseaba salir lo antes posible, regresaría a Tijuana para tomar un avión a Acapulco. Estaba seguro de que sus padres le ayudarían. La estabilidad económica de la que tan distante se había mantenido, ahora le serviría para sacarlo de su problema.
Al llegar a la estación, baja sacando su cartera para pagar, observa extrañado por unos segundos la cantidad de dinero en la misma. Después de pagar el taxi se aleja dejando a Cristián con un rostro confundido. Cerca de la estación había una banca desocupada, se acerca sentándose lentamente; aun traía su cartera en su mano.

Saca el dinero y cuenta el resto de su presupuesto. Eran poco mas de dos mil pesos. Sabía bien que con esto no alcanzaba a cubrir su camión de regreso a Tijuana y su boleto de avión a Acapulco. Se odio a si mismo por no llevar un control económico y por los pequeños gastos que había hecho como los taxis. Su escaso interés por el dinero lo había llevado a su encrucijada, guarda su cartera y observa alrededor. Recuerda a sus amigos y busca inocentemente su celular para llamarle a uno de ellos, el aparato yacía despedazado en su casa.
Su rostro ya no era el mismo, su ceño se mantenía fruncido como el de un hombre amargado y antisocial. Después de unos minutos, se levanta molesto y camina cruzando la calle hacia los taxis disponibles.
Dolores se encontraba sentada en la sala tomando una taza de café, al lado de esta estaba su celular, pensativa y un tanto ausente, mantenía su mirada sobre el par de maletas que había empacado.
-no creo que Diego vaya a venir- señaló una voz detrás, da la vuelta rápidamente, Raúl, con una maliciosa mirada estaba de pie observándola.
-¿por qué no?
-tengo el dinero... No te preocupes por Diego, el ya no es problema de nosotros.
este se dirige a la cocina dejando su chaqueta de mezclilla sobre la barra. -¿qué le hiciste?- cuestionó Dolores intrigada al tiempo que se levanta del sillón.
-como te dije... Ya no es problema de nosotros... ¿no hay café?- preguntó extrañado, Dolores niega con la cabeza mientras este se acerca a la barra recargándose con sus manos.
-¿qué pasó?

-tengo el dinero, eso es lo que pasó... Dejé la camioneta de Diego en el taller de pintura, mañana nos vamos, aun tengo otras cosas que arreglar- Raúl se reincorpora y camina hacia el pasillo -si me disculpas, tengo que ir al baño- sonrió, el rostro de Dolores aun estaba confundido. Saca su celular y marca el número de Leobardo. Su respiración incrementaba con su ansiedad, espera unos segundos el tono. Un sonido seco se deja escuchar cerca, algo sobre la barra, era un sonido ahogado, lentamente se acerca y alarga su mano, la coloca encima de la chaqueta de Raúl, buscaba a tientas aun con el celular en su oído hasta toparse con un vibrante objeto, se detiene y corta la llamada, el objeto deja de vibrar; deja su celular sobre la barra y de inmediato revisa los bolsillos de la chaqueta hasta encontrar un celular, cierra los ojos al reconocer que el diseño era el mismo que el de Leobardo, sobre su pantalla se apreciaba una llamada perdida con su nombre de número de contacto, sus dudas se habían aclarado. Lo coloca donde mismo y reacomoda la chaqueta. Sube hacia su cuarto.
-voy a hacer un poco de café- señaló al pasar frente a la puerta del baño ocupado por Raúl.
-muy tarde- exclamó -pero prepárame una taza por favor.
Dolores observa la puerta apretando la mandíbula, en sus enfurecidos ojos algunas lágrimas hacían acto de presencia.
Después de llegar a su casa, con un sentimiento de derrota e impotencia, Cristián observa la puerta de su casa abierta, da una mirada hacia la casa de Dolores negando con su cabeza, ya no tenía intenciones de buscarla. Sin preocupación alguna este se adentra a la suya. Nunca antes había perdido el control de su vida, nunca antes había experimentado salirse de su rutina, aunque siempre

había soñado con experimentar cosas nuevas deseaba volver al pasado y negarse frente a sus padres para seguir estudiando en su tierra natal.
Al estar dentro, revisa la hora que se mostraba en la pantalla de la envejecida grabadora.
"*tengo que ir a la escuela*"- pensó.
Faltaba poco para las siete de la mañana, sabía que aun tenía tiempo; sube de inmediato y se introduce al baño duchándose presuroso y con torpeza. Lava sus dientes y sale todavía secando su cabello, se alista sin importarle la ropa, toma su suéter, su mochila y sale de su casa.
"tengo que actuar normal" - se dijo a si mismo aunque su higiene personal distaba mucho de lo que estaba acostumbrado.
Llega a la escuela caminando presuroso, aun había algunos alumnos afuera de la institución, parecían normales, observaba a todos y cada uno, pero nadie le prestaba atención a él, nadie lo miraba, ni siquiera un saludo. El ser invisible era lo mejor. No quería ningún tipo de atención, no este día. Llega a su salón y se sienta en su lugar, pasa un poco de saliva y saca su libreta junto con sus plumas y lápices. Mira a sus compañeros como sonreían y platicaban de manera rutinaria, este día para ellos era como cualquier otro, un día mas en la escuela, un día menos en su vida, sus platicas se centraban en temas triviales como programas populares de televisión, de música, videos de Internet, chistes y en criticas a sus demás compañeros, Cristián sintió envidia por primera vez.
El profesor Ledesma, quien enseñaba la clase de física, abre la puerta del aula y se introduce cargando un maletín café, anticuado y algo gastado al igual que sus anteojos, da los buenos días y se acomoda en su escritorio mientras

todos se acomodan en sus asientos. Saca una carpeta y pasa lista. Cristián mantenía su cabeza agachada mientras rayaba su banca con un lápiz, miraba de reojos a sus compañeros con una actitud paranoica, observándolos a todos con sospecha y miedo. En eso entra al salón Sonia, con su simpática actitud inocente, pasa al lado de este y se sienta, Cristián sabía que lo observaba pero no quería mirarla.
-hola- saludó, su voz era como música para sus oídos; quería abrazarla, llorar en su regazo y confesarle lo que había hecho, pedirle ayuda. Pero no podía, el saludo era mas bien una molestia en este momento, una inoportunidad. Mantiene su cabeza hacia abajo como si estuviera concentrado en su cuaderno -¿te sientes bien?
"cállate por favor"- pensó, alza la cabeza hacia esta y asiente lentamente con sus entrecerrados ojos, el rostro de Sonia se miraba aun mas hermoso que en otras ocasiones, la inocencia en sus ojos hacen que Cristián desee llorar, aprieta su mandíbula ahogando el llanto *"¿por que demonios te fuiste ayer?"*- regresa la mirada a su cuaderno y continua sus garabatos.
-¡¿Cristián?!- se escucha a lo lejos, este levanta la mirada y observa a todos con su mirada encima, la mirada acusadora que temía -¡¿Cristián?!- repite el profesor aun observándolo, se reacomoda en su cuaderno y observa al profesor, los alumnos lo observaban con una sonrisa burlona en sus rostros.
-di presente- señaló la compañera de enfrente.
-¡presente!- exclamó.
-¿qué hiciste anoche que todavía estas dormido?- cuestionó el profesor Ledesma, Cristián sonríe a medias y agacha la mirada de nuevo. Inspira disimuladamente nervioso.

"¿qué hice anoche?"
El profesor saca unas hojas de su maletín y empieza a dictar un nuevo tema. Cristián escribe al igual que sus compañeros, solo que se le dificulta mas, el cansancio lo agobia y no logra concentrarse, se le cierran los ojos a cada instante, las líneas en la libreta se ven borrosas y siente su cabeza mas pesada que nunca. Talla sus párpados con desesperación dejando sus ojos cerrados un instante, instante en el cuál se dejan escuchar unos cuantos maullidos que parecían provenir del interior de la misma aula, queda inmóvil y abre sus ojos extrañado, voltea con nervios hacia los lados, todos se mantenían escribiendo excepto el, le deja de tomar importancia y decide continuar escribiendo. Mas tarde, siente una fría brisa en su nuca, voltea de inmediato hacia atrás topándose con una compañera, esta le brinda una amable sonrisa.
-oye- llamó Cristián discretamente -de casualidad.... ¿no escuchaste a un gato?
-¿un gato?- preguntó esta extrañada.
-es que escuché unos maullidos.
-no, no escuché nada- respondió sonriendo.
-¿no? bueno, gracias- Cristián se voltea para seguir escribiendo, ve lo que ha escrito admirado, su letra no podía verse peor, no escribía sobre las líneas, había letras mas grandes que otras, no sabía ni siquiera lo que escribía. Sonia aun lo observaba admirada. El maullido se escucha de nuevo, esta vez mas cerca, mira el suelo con molestia.
"¿de donde provenían los maullidos? ¿será de afuera?"-
Se cuestionó observando hacia la ventana, un rozón en su tobillo derecho hace que rápidamente vuelva su rostro hacia abajo, no había nada; enfadado, Cristián intenta

mantenerse concentrado en la escritura, pero este lo vuelve a sentir, esta vez en el otro tobillo, lo ignora intentando mantenerse al corriente de la clase, aquellos rozones parecían ser de un animal que desea ser acariciado, como el de un gato que pide algo de comer. Este detiene de nuevo su escritura y se fija debajo de su asiento, no había nada. De repente, instantes después de que se reincorpora, siente una gran mordida en su tobillo izquierdo, lo cual le produce un dolor tan intenso que lo hace gritar y levantarse con un bruscamente, tira sus cosas al suelo y, sin importarle, revisa desesperado su pierna alzando su juvenil pantalón de mezclilla, pero en esta no había nada, ni siquiera un rasguño, la toca asegurándose aunque había dejado de sentir dolor. Todos los compañeros se quedan admirados ante la extraña reacción, unos cuantos reían y hablaban entre ellos, Sonia lo observaba seriamente extrañada. El profesor Ledesma había detenido el dictado.
-¿te sientes bien?- preguntó el profesor. Cristián queda conmocionado viendo hacia sus compañeros, paralizado durante unos segundos -¿todo está bien, Cristián?- cuestionó de nuevo el profesor Ledesma quitándose sus anteojos.
-no, nada está bien- contestó malhumorado, levanta y guarda sus cosas para después salir del salón.
Camina por los pasillos con molestia, golpeando su frente con la yema de sus dedos vociferando cosas ininteligibles. Se dirige al baño caminando presuroso, mira alrededor, como si aquella extraña criatura lo estuviera siguiendo. Al llegar, se lava el rostro con abundante agua, se mira en el espejo admirándose de lo mal que se ven sus ojos, moja su frente un poco, sintiendo agradablemente como la tensión disminuye; al intentar

tomar un pedazo de papel para secar sus manos escucha un ruido, se escucha un sonido leve, el cual proviene de una pequeña puerta dentro del baño, era algo parecido a un almacén de artículos de limpieza, agacha su cabeza intentando ignorar el sonido y toma el papel secando sus manos. La curiosidad lo domina, se dirige a la puerta y la abre, en el interior de esta no hay nada mas que oscuridad, el sonido continua, no se distinguía bien, era mas bien un eco, como si golpearán madera hueca. se lleva su mano a la frente en símbolo de enfado, se agacha sosteniéndose solo con sus rodillas y mete su cabeza en el interior del diminuto almacén; no se logra ver nada y niega con su cabeza.

"*¿qué estoy haciendo?*" cuestionó sonriendo, al levantarse un maullido hace que se detenga y se agache de nuevo, al querer meter su cabeza se topa con un enorme gato el cual gruñe al verlo y lanza un certero zarpazo en su pómulo derecho, Cristián de inmediato saca su cabeza del almacén y cierra la puerta, se levanta nervioso y se aleja unos cuantos pasos al tiempo que toca su herida, va hacia el espejo para apreciarla mejor, tres diminutas líneas recorrían su pómulo hasta la mitad de su mejilla; al verla Cristián sonríe sarcásticamente moviendo su cabeza hacia los lados, regresa con rapidez hacia el almacén abriéndolo de nuevo, introduce su mano buscando al animal, pero no lo encuentra, busca a tientas en la oscuridad pero no siente mas que el frío de las paredes y el piso interior, se molesta y se levanta para patear la puerta en repetidas ocasiones. Uno de los conserjes de la institución oye el escándalo e inmediatamente se introduce, admirado, ve como Cristián patea una y otra vez con un intenso coraje la pequeña puerta.

-hey, hey, cálmese, ¿que le pasa?- exclamó con molestia, era el anciano al que había acudido cuando recién llegó, Cristián se detiene, toma sus cosas y sale del lugar.
-no tengo nada- contestó al salir.
-muchacho marihuano- expresó el conserje. Sale de la preparatoria brincando una de las bardas alejadas para no ser visto, aun sabiendo que la puerta estaba abierta, no quería ser visto por nadie. Corre sin rumbo, hasta toparse con un taxi.
"uno mas"
Una humeante taza de café esperaba encima de la barra a Raúl, Dolores se encontraba detrás de la misma, de pie y con una mirada confundida. Raúl se acerca y toma la taza al tiempo que se sienta sobre un banco.
-¿por qué lo hiciste tan claro?- cuestionó. Dolores aun lo observaba.
-tomas demasiado café, es malo para los nervios.
Este da un gran sorbo y observa su chaqueta dando una mirada fugaz a Dolores.
-sabe raro, ¿qué le echaste?
-si no te gusta prepáratelo tu- señaló alejándose de la cocina, esta llega hasta la sala y se para frente a la ventana -me pregunto porque no me ha contestado todavía Leobardo.
Raúl pasa difícilmente su café.
-te digo que se fue.
-entonces... ¿solo quedamos tu y yo?- cuestionó intrigada, Raúl da un largo sorbo al café alzando su taza hasta finalizar su contenido. Se levanta y se sirve otra.
-tu y yo, como siempre- respondió dando la vuelta para recargarse sobre la barra observando a Dolores, quien ahora tenía una mirada fija y un rostro endurecido hacia el. Esta se acerca lentamente.

-¿por qué? Solo quiero saber eso.
-¿por qué que?- cuestionó extrañado, esta se detiene frente a el sin apartar su intimidante mirada. Mete su mano a su bolsillo sacando el celular de Leobardo, esta lo deja caer sobre la barra.
-¿qué le hiciste?- cuestionó seriamente, Raúl da otro sorbo a su taza esquivando su mirada.
-se le olvidó cuando...
-no me mientas.
-yo no le hice nada.
-desde que conocí a Leobardo no has hecho mas que criticarlo y hablar mal de el... Lo envidias ¿verdad?... Lo envidias porque lo quiero.
-¿de que hablas?- cuestionó extrañado.
-no te hagas el inocente... Crees que ya olvidé cuando estaba pequeña como me espiabas en mi cuarto... Como te escondías en el armario cuando mi papá entraba y me hacía cosas.
-te saqué de ahí...- señaló Raúl con enojo.
-¡cállate!- una par de lagrimas ruedan por la mejilla de Dolores -me deseas ¿no es así?
-no sabes lo que dices, estas...
-si, me deseas, te he visto, cada vez eres mas obvio... Me di cuenta como te encelabas con Ramsés, después con Diego y cuando Leobardo entró al grupo ya no soportaste mas...
-Lola...
-¿acaso estoy mintiendo pendejo pervertido? Eres un enfermo... Me quieres para ti ¿no? Me quieres solo para ti.
-todo lo que he hecho... Lo he hecho por ti, solo por ti.

-¿y debo agradecértelo?... ¡¿qué le hiciste a Leobardo?! ¿qué pasó con Diego? ¿Eh? ¿los mataste?... ¿o los mataron ellos?
-yo no maté a nadie- este cierra sus ojos lentamente, observa sus manos, las cuales empezaban a temblar.
-fueron ellos ¿no?... Tu no tienes huevos para hacer algo así.
-q-querías el dinero, ya lo conseguí... Lo tengo, está en, en una maleta... Arriba.
-sabes bien que no era solo el dinero lo que quería... Sabes bien lo que siento por Leobardo, sabías bien que tenía pensado irme de aquí con el y que era el quien iba a deshacerse de Diego y de Cristián... Por eso entras a mi casa a escondidas, quieres vigilarme, crees que te pertenezco y que puedes hacer conmigo lo que quieras.
-esta no es tu casa, yo soy... Yo soy quien paga la renta...
-no me importa.
-el dinero está arriba... Junto con la droga y las armas- la frente de Raúl empezaba a transpirar leves gotas de sudor, se sentía cansado y con mucho sueño.
-¿y yo para que quiero esa mierda?
-¿qué me diste?- cuestionó levantando con dificultad la mirada, este recarga su peso aun mas en la barra, siente que sus piernas pierden fuerza lentamente. Este sale de la cocina acercándose a Dolores.
-pastillas para dormir- respondió con seriedad, Raúl se detiene y se agacha hasta quedar en cuclillas -no son suficientes para que te mueras, no tengas miedo... No soy como tu, yo no mato gente.
-Lola yo...
-¡deja de llamarme así imbécil!- da una patada en el estómago que hace que este caiga al suelo cual saco de arena, sin queja alguna este abría los ojos constantemente

intentando levantarse, leves convulsiones le invadían el cuerpo, el cuál ya no podía dominar.
-s-solo quería... Lo m-mejor para ti- exclamó alzando su mano, Dolores se agacha hasta quedar frente a su rostro, lo observa detenidamente y exhala sonriendo.
-y me lo has conseguido hermanito... Me conseguiste lo que quería... Pero ya no me haces falta, vas a quedarte dormidito hasta que lleguen por ti y te hagan lo mismo que a los demás... ¿no es acaso irónico? ¿o tal vez gracioso? No lo se... Lo que se es que vas terminar como esas personas que les ayudaste a conseguir.
Esta se levanta sacando su celular de su bolsillo.
-Dolores... P-por favor... Yo daría la vida por ti.
Esta se agacha con una mirada maliciosa.
-eso es exactamente lo que estas haciendo imbécil, se acabó Raúl... Ya no tengo hermano, ya estas muerto para mi... Le mandé un mensaje a Ramsés, el es quien va a venir a recogerte, que cosas ¿no? No fue el quien te consiguió el trabajo- guarda su celular observando a Raúl quien cada vez se movía con mas dificultad, mantenía sus ojos entrecerrados y su manos acariciando el suelo de un lado hacia otro. Dolores da una última mirada negando con su cabeza y se aleja para subir los escalones hasta su cuarto.

X

Cristián llega a su casa y deja su mochila en el sillón, se introduce al baño para lavar su rostro. Abre la llave pero no sale ni una sola gota, este se extraña y sale directo al zinc, tampoco pasa nada, sale por la puerta de atrás para verificar que no esté cerrada ninguna llave; aun sentía una pequeña incomodidad en su pómulo debido al zarpazo, lo cual lo hace cerrar el ojo por el ardor. Este se da cuenta de que no es el único sin el vital líquido, uno de sus vecinos vocifera en voz alta fuertes groserías, al parecer hacia trabajos de jardinería y le resultaba difícil. Era un hombre de edad madura, aparentemente de unos treinta y cinco años de edad. El sujeto lanza una pala vieja hacia el suelo y se regresa molesto a su casa.
Cristián, después de escuchar sin querer aquella particular queja, toca levemente sus heridas y regresa al interior de la suya.
Saca del refrigerador su botella de jugo y se sirve un vaso. Pensativo, se relamía sus labios observando hacia el patio trasero, voltea su rostro hacia el suelo exhalando largamente. Saca un galón de agua que mantenía en el interior del refrigerador, agarra un vaso y se dirige de nuevo hacia el baño. Mojando unos pedazos de papel, limpia su herida.
Los maullidos se escuchan de nuevo, detiene lo que hace y saca un poco la cabeza observando la cocina; no había

nada, niega con su cabeza y rápidamente toma otro pedazo de papel. Sale hacia el patio trasero de nuevo, toma la pala recargada en la pared y empieza a cavar con rapidez y fuerza en el medio del patio, aunque la tierra es algo dura, este no se detiene; cavaba ávidamente, pronto en sus manos se hacia presente un calor inusual, unas cuantas ampollas empezaban a hacer su aparición, pero no le importaba. Sus manos no estaban acostumbradas a ningún tipo de trabajo. Actuando como un loco obsesivo, su desesperación por cavar el pozo lo hacía ignorar el cansancio.
Minutos después, el calor se hace presente, se quita su camiseta lanzándola a un lado, su esquelético cuerpo ahora tenía un color amarillo. Su rostro, su cuello y parte de su pecho empezaban a enrojecerse debido al sol, aunque estaba acostumbrado al mismo y sus efectos, no estaba acostumbrado a trabajar.
Lanza la pala hacia un lado observando lo que ha cavado, respiraba con incomodidad; regresa a su casa caminando rápidamente hacia el sótano, en el camino toma una pluma, una regla y un cuaderno de su mochila. Se introduce al sótano y mira con detenimiento el baúl y, aunque algo nervioso, mide lo alto y lo ancho del mismo.
Un tono musical se deja escuchar cerca, provenía del interior del baúl. Se detiene pero segundos después ignora el sonido y sale de inmediato; compara sus medidas con la profundidad del pozo.
-falta mucho- se exclamó con malhumor al tiempo que limpia el sudor de su enrojecido rostro. La mañana pasa con rapidez, tenía un pozo poco profundo, pero debía continuar; sabía bien que si dejaba de hacerlo, empezaría a pensar; deseaba mantener su mente ocupada en otra cosa, aun sabiendo las razones de lo que hacia. Estaba en

un estado de negación, quería enterrar el baúl y olvidarse de lo sucedido.
"sin evidencia no hay delito" reverberaba en su mente.
Dolores baja rápidamente hasta llegar a Raúl, quien yacía inconsciente en el suelo. Toma el par de guantes que utiliza para tomar los trastos calientes y se los pone de inmediato, regresa a Raúl y lo toma de los zapatos arrastrándolo hasta el pasillo del baño, su peso hace que esta cese y lo dejé. Regresa a la cocina, deja los guantes en el mismo lugar y lava sus manos.
Al sentir que no podía cavar ni un segundo mas, Cristián topa con un extraño objeto que remueve con la pala. Parecía ser un hueso; se agacha y lo toma acercándolo a su rostro, era grueso y grande, pero bastante agrietado.
"debe ser de algún animal"
Suelta la pala y regresa al interior de la casa, camina agitando sus manos para calmar el ardor, deja el objeto encima de la lavadora. Llega hasta el baño para lavarse el rostro y las manos con el agua del galón, sube a su cuarto y se pone su camiseta para salir y comprar banditas para sus ampollas, no deseaba detenerse ni un momento, no deseaba recordar lo sucedido la noche anterior, quería apresurarse a terminar todo. En su camino hacia la salida, este logra ver, debajo de una cortina, algo que brillaba con la luz del sol, se detiene y se agacha para tomarlo, era una navaja, una muy bonita navaja café con un estilo moderno y rústico a la vez, era pequeña y al parecer, muy filosa, era la navaja de Diego. La toma y la guarda en su bolsillo. Sale dejando la puerta abierta. Caminaba apurado y con la mirada agachada, su torso y sus manos estaban igual de rígidos. Llega a la tienda y busca las banditas, no le importaba la marca, aunque, de haberlas

comprado el primer día que llegó, tendría en casa las mejores y las mas caras. Las paga y sale presuroso.
Antes de llegar a su casa, observa la puerta abierta de la casa de Dolores. De inmediato cruza la calle y camina hacia la misma. La puerta estaba entreabierta; se introduce observando todo en el interior, no había nadie. Las dos maletas en la sala llaman su atención, cierra su boca y regresa a su casa, llega hasta la cocina y toma el revólver junto con la caja, sale de nuevo y se introduce a la casa de Dolores sentándose en un banco de la barra. Deja la caja encima de esta y sujeta el revólver en su mano derecha. En eso, Dolores baja cargando una maleta pequeña, sin darse cuenta de la presencia de Cristián, esta deja la misma en sobre el sillón.
-¿dónde estuviste anoche?- cuestionó este con seriedad. Dolores se paraliza al escuchar su voz y da la vuelta. -¿qué haces aquí?
-no... No- respondió -vine a que tu me aclares las cosas, no voy a responder nada- se levanta mostrando el brillo del revólver, Dolores lo observa admirada.
-¿por qué traes un arma?
-tu me la diste...- sonrió -la dejaste en mi casa con estas notas- arroja al suelo los dos pedazos de papel -¿para que?
-yo no te dejé nada- respondió intrigada. Cristián da un par de pasos hacia delante, alza el revolver y apunta hacia Dolores.
-¿a dónde vas?- cuestionó con frialdad.
-a ningún lado, ¿qué estas haciendo? Baja esa pistola.
-no... Me mandaste esta pistola y me mandaste a una fiesta falsa... Diego y otros estaban ahí...
Pero ahora está muerto... Está muerto en mi sótano...
-¿muerto?- se extrañó Dolores.

-yo lo maté... Con esta arma- señaló -¿por qué?
-¿porque que? No te entiendo, ¿qué pasó?
-maté a tu novio... Maté a tu novio anoche... ¿querías que yo lo matara? ¿eh? ¿para que?
¡¿para que?!- preguntó alterado. Dolores alza ambas manos intentando tranquilizarlo.
-Cristián relájate... Déjame...
-no vas a ir a ningún lado, y si no me explicas porque me dejaste esta pistola la voy a vaciar sobre tu cuerpo que tanto te gusta usar- exclamó endureciendo el rostro. Dolores se mantenía inquieta, mas en su rostro había algo de seguridad, no era la primera vez que se enfrentaba a una situación parecida. Sabía que todavía podía controlar a Cristián.
-yo no te mandé esa pistola.
Cristián se acerca con rapidez, gira el revolver en su mano y da un fuerte golpe con la culata en su rostro, esta, sin anticipar el golpe, cae al suelo aturdida, Cristián deja el arma en el suelo y la toma, la levanta con mucha dificultad, se sentía agotado y sus manos le ardían. Jala una silla de la mesa y la acomoda de manera que la cabeza le quede apoyada hacia atrás para no caer. Dolores aun estaba consiente aunque el golpe le producía un fuerte mareo. Cristián busca entre los cajones de la cocina. Bajo el zinc, logra ver un gran rollo de cinta adhesiva gris, la toma y se acerca de Dolores. Al ver el celular sobre la barra, este lo toma observando las diferentes opciones de su sistema. Desprende un pedazo de cinta con sus dientes y lo coloca en su boca; la amarra, usando la misma cinta: sus manos detrás del respaldo, su torso sujetado con el mismo y sus pies amarrados en las bases.

Después de un par de largos minutos de espera, Dolores empieza a recobrarse, abre lentamente los ojos, lo primero que distingue es la silueta de Cristián, que estaba sentado frente a ella con el revólver en una mano, el celular en la otra y una sonrisa en su rostro, este se quejaba de su hombro izquierdo.
-arruiné un poco la belleza en tu rostro- señaló quitando la cinta lentamente.
-¿q-qué vas a hacerme?- el golpe que había recibido era ahora un gran moretón hinchado cerca de su ojo izquierdo, su ceja está igualmente hinchada y su frente enrojecida.
-me vas a explicar todo y me lo vas a explicar una sola vez... No quiero mentiras ni tonterías.
-no hay nada... Nada que debas saber... Déjame ir niño, déjame ir.
-no quiero escuchar tonterías Dolores...
-yo no...- Dolores baja el rostro observando el arma y la actitud de Cristián, este ya no parecía aquel tímido jovencito al que había dado una amigable bienvenida -¿estas seguro de q-que quieres... escuchar la verdad?- se resignó.
-así es, la verdad simple y cruda- señaló retorciendo su boca por unos segundos.
-no se p-porque tienes ese revolver... Es la verdad...
-dije que...
-pero- interrumpió -debes de saber algo, y es la razón por la que estas aquí, estudiando en Ensenada- Cristián queda enmudecido ante el comentario este alza su rostro intrigado observando dudoso a Dolores -tiene que ver con tu padre.
-¿qué tiene que ver mi padre aquí?
-todo.

Cristián se levanta sujetando el arma con mas fuerza.
-¿qué tiene que ver él?
-tu padre... Te quiere muerto.
-¿mi padre que?- cuestionó sintiendo como sus entrañas se retorcían.
-tu "papi" te quiere muerto, m-me contrató a mi y a mi hermano para que te matáramos... Esa es la verdad.
Este agitaba el revolver de un lado hacia otro negando con su cabeza.
-eso es mentira.
-Ismael Lombardini... Ese es su nombre... Fue el quien me regaló el anillo, es el anillo de tu madre ¿no es así?
-no es cierto... No puede ser cierto- negaba Cristián.
Dolores empezaba a disfrutar del control de las emociones que estaba adquiriendo sobre Cristián.
-¿quieres saber mas? ¿q-quieres saber porque te quiere muerto?...- Cristián vuelve su rostro intrigado -quiere ser parte... De una organización nacional de tráfico de órganos "Los Ángeles de Negro"- este retuerce su rostro extrañado -venden órganos en el mercado negro, los ricos viejos p-pagan mucho dinero cuando ven a la muerte tocando su puerta... ¿cuándo has visto a algún m-millonario en la lista de espera?... ¿eh? El boleto de entrada de tu padre era.. era entregar un cuerpo sano a la organización, eso es lo único que se necesita, con eso sería socio y disfrutaría de los beneficios económicos y las influencias p-políticas.
-¿por qué habría de creerte? No creo que...
-¿por qué habría de mentirte?
-te dejaré vivir si me dices la verdad- alza el revolver -lo que me acabas de decir no son mas que estupideces... Mentiras absurdas...

-¿crees que la casa de enfrente es una coincidencia? ¿eh? ¿has revisado siquiera la casa? No sabes ni siquiera quienes eran los antiguos dueños... esa casa no se le vendió a tu p-padre... Nosotros matamos a los pobre viejos que la habitaban. Los hicimos desaparecer... si no me crees cava en el p-patio de atrás... ahí enterramos los huesos, ahí enterramos lo que ya no pudimos aprovechar - Cristián siente un leve mareo mientras un color amarillo le invade la mirada, se reincorpora respirando sofocado y observa con frialdad a Dolores, baja el arma esa es la verdad... Pero ya no me importas... Por eso me voy a largar, deberías agradecerme... Crees q-que hubiera dejado que aparecieras y me amarraras si hubiera querido matarte, si hubiera hecho, lo que había planeado- Cristián la observaba atento -ahora no estarías vivo, te dejé vivir, no se porque te mandaron esa pistola p-pero no fui yo.
-¿entonces quien fue?
Dolores recuerda el comentario de Raúl.
"Diego ya no es problema de nosotros" Baja la mirada.
-aun podemos salir de esto los dos juntos- levanta el rostro -te puedo dar bastante dinero... Si me dejas ir...
Cristián se acerca y desprende otro pedazo de cinta del rollo.
-no te voy a matar si eso es lo que crees... Dije que te dejaría vivir pero no que te dejaría ir. -no puedes hacerme nada, ni a tu papá...- esta hace un lado su rostro debido a un leve dolor por la herida -nadie te creerá, nadie ¿crees que me vas a hacer hablar? ¿qué vas a hacer que diga que tu padre nos pagó para matarte? nunca voy a confesar niño...
-tal vez ya lo hiciste- este levanta el celular hacia la altura de sus ojos, Dolores lo reconoce extrañada -es increíble esto de la tecnología no es así... Grabé todo lo que me

dijiste, ahora se lo voy a enviar a un amigo... Solía hacer esto en la escuela con mis amigos, grabábamos las anécdotas sexuales de alguien y lo chantajeábamos... Nunca pensé que me serviría para algo real...
Este introduce un mensaje de texto en dicho aparato.

"soy Cristián, hazme un favor y guarda esto, por favor no lo borres"

Introduce el numero de Isaías, el cual era de los pocos que sabía de memoria, envía los datos y lo lanza al suelo indiferente a la respuesta. Coloca el pedazo de cinta sobre su boca mientras esta lo observa sin parpadear ni oponer resistencia. Cristián sale de la casa guardándose el revolver en su cintura. Camina con prisa hacia la que creía su propiedad.
Pasa el interior, llega hasta el patio trasero y toma el grisáceo pedazo óseo que había encontrado. Tenía razón en que era un hueso, pero no era animal. Toma la pala y empieza a cavar de inmediato aumentando el diámetro del pozo, cava sin cesar aunque las ampollas empezaban a sangrar. Después de unos momentos, este topa con mas huesos, estaban amontonados en el mismo lugar, siente palidecer sus piernas cuando logra ver, apenas visible, un cráneo humano, suelta la pala y se sienta respirando cansado, agitado, sacude su cabeza negando. Deja caer la pala y se introduce a su casa deprisa pero su paso es detenido.
-buenos días- señaló el agente Rodríguez, quien fumaba un cigarrillo y portaba unos llamativos lentes de sol, estaba parado en medio de la sala junto a el agente Cervantes.
-¿quién es usted?- cuestionó Cristián.

-solo venimos de paso- respondió observando el interior al igual que su compañero.
-no les dije que podían pasar.
-no te pedimos permiso muchacho- señaló Rodríguez seriamente quitándose los lentes, Cervantes se sienta en uno de los sillones -somos agentes de la policía, y estamos buscando a una persona... Diego, Diego Castillo... ¿lo has visto?
Cristián torna, fugazmente, su confundido rostro hacia el sótano, se mantenía paralizado, regresa su mirada observando fijamente a Rodríguez, quien caminaba de un lado a otro por la habitación.
-no- respondió con seriedad.
-¿estas seguro?- insistió soltando una bocanada de humo.
-no lo conozco.
Cervantes sonríe al tiempo que quita sus lentes de sol y se talla los ojos.
-¿no lo conoces o no lo has visto?- cuestionó Rodríguez.
-no lo conozco- respondió con nerviosismo. Rodríguez sigue con su caminata alrededor de la casa con una arrogante actitud -si no se van voy a llamar a la policía.
-nosotros...- señaló Rodríguez -...somos la policía hijo, y no te vamos a hacer nada... Solo queremos saber donde está Diego.
-ya les dije que no lo he visto.
-no, nos dijiste que no lo conocías- exclamó Cervantes, Cristián baja la mirada exhalando con malhumor.
-esta no es la casa...- Rodríguez lleva la mirada a su compañero -...de los ancianos ¿no? Cervantes asiente con su cabeza observando de igual forma alrededor, este masticaba un chicle abriendo su boca con una arrogante actitud.
-nunca los encontraron- respondió Cervantes.

¿qué ancianos?- cuestionó Cristián.
-¿no sabes?... Que raro- exclamó Rodríguez -hace casi un año aquí vivía una pareja de ancianos... vivían solo ellos según los vecinos, nadie los visitaba, nadie los molestaba. Salían solo a la iglesia y al mercado- Cristián los observaba a ambos -y de repente, un día, puf...
Desaparecieron los viejos.
-completitos- agregó Cervantes.
-los buscaron un tiempo sin encontrar nada... Nada mas tenían un hijo, medio imbécil, trabajaba de chofer o algo... Después de unos meses dejaron de buscar a los viejos, los dieron por muertos y el hijo recibió no se cuantos miles de pesos del seguro... No debió haber sido mucho porque se lo gastó en menos de un año el pendejo- Cristián mantenía su ceño fruncido atento a Rodríguez -según me dijeron, todo fue legal... ¿qué pasó con los viejos? ¿quien sabe? ¿qué pasó con el hijo? Sigue trabajando como si nunca hubiera tenido padres...- pasa su mano por su cabello sonriendo -por Dios que a veces ni yo entiendo la corrupción... No se como hizo ese ingrato para fregarse a sus padres... Pero se que, tarde o temprano, va a pagar, y caro- señaló con seriedad -de una u otra todos pagan lo que hacen- señaló observándolo.
-¿cómo sabe eso?
-soy policía muchacho- sonrió -se la mierda que pasa por estos barrios... Solo te conté esto porque pensé que querrías saber la historia de tu casa... Porque es tuya ¿no? Digo, de tus padres.
-la compró mi papá, es de el... Yo solo la ocupo mientras estudio.
Rodríguez asintió observando los muebles.
-entonces... Si quieres seguir estudiando, solo dinos dónde está Diego y te dejáremos seguir haciendo tus

tareas- señaló observando las manos de Cristián, este las lleva sutilmente a su espalda ocultándolas. -ya les dije que no se.
Rodríguez exhala llevando la mirada a Cervantes, quien negaba con la cabeza aun masticando.
-¿cómo te llamas?- cuestionó Rodríguez.
-Cristián.
-bueno Cristián... ¿sabes lo que es un *GPS*?- este lo observa confundido -debes de saber, los jóvenes saben mucho de tecnología, Internet y esa mierda... Yo no se que es, ni como chingados funciona, lo que se... Es que esa pendejada sirve para localizar... gente, aparatos, carros, lo que sea... El celular de Diego tiene GPS y lo localizamos aquí- Cristián pasa saliva dando un paso hacia atrás -¿si me explico?... Creo que tenemos suficientes razones para pensar que el está aquí... Si no está el, por lo menos su celular... Y si su celular está aquí... Entonces tu sabes donde está el.
Cristián cierra los ojos un par de segundos moviendo la cabeza a los lados, camina hasta la sala y se sienta tomándose la cabeza.
-creo que ya se acordó- comentó Cervantes.
-no se donde está... El se fue... No me dijo a donde.
Rodríguez lleva sus dedos a su entrecejo y se acerca a Cristián.
-mira muchacho... No se que chingados traen ustedes dos, no se quien eres tu ni me importa y no se porque Diego vino para acá... Lo que se es que el me debe algo y no voy a esperar a que me salga con alguna babosada... Así que nos vas a decir donde está el... Por las buenas o por las malas- saca su pistola mirando amenazante a Cristián quien mantenía su mirada hacia el suelo indiferente ante el arma.

-ya no puedo mas- señaló, en eso se escucha el maullido de su molesto inquilino, levanta el rostro endurecido y se pone de pie -¿oyeron eso?- cuestionó.
-¿no nos vas a decir?- cuestionó este levantando el arma, Cristián lleva la mirada hacia la cocina y ve al gato negro, sentado, observando con burla la escena, su cola estaba enrollada entre sus patas. Lo observaba fijamente.
-¿quieren saber en verdad donde está?- cuestionó Cristián volviendo el rostro hacia Rodríguez.
-vaya... -celebró dando una mirada a su arma -ella siempre hace que la gente se acuerde de las cosas.
-está en el sótano- respondió.
Rodríguez lo observa dudoso. Con una seña, este hace que Cervantes se levante.
-¿y donde está el sótano?-cuestionó este.
-es la puerta al final del pasillo, al lado de los escalones.
-¿por qué se escondió ahí?- preguntó Rodríguez.
Cristián baja la mirada indiferente, siente un leve mareo y una elevada ansiedad. Cervantes saca su arma y camina hasta la puerta abriéndola con lentitud, se introduce un poco buscando el interruptor para la luz, al encenderlo este se extraña al ver el lugar vacío.
-¡aquí no hay nada!- señaló, camina de regreso.
-no está ahí Cristián- exclamó Rodríguez.
-dile que busque bien... Que busque dentro del baúl, ahí lo podrá encontrar a el... y su *"GPS"* Cervantes camina de nuevo hacia el sótano y baja observando a los lados hasta llegar al baúl, al abrirlo, remueve el papel periódico de encima y se topa con el enroscado cuerpo de Diego.
-¡Javier!- exclamó este.
-¡¿lo encontraste?! ¡trae al pendejo lo para acá!- señaló aun observando a Cristián.

-¡ven acá! ¡ven a ver!- señaló Cervantes, Rodríguez sujeta su arma fuertemente y se dirige al sótano.
-no te muevas muchacho- señaló.
-como si fuera a ir a algún lado- dijo en voz baja, vuelve la mirada hacia la cocina buscando al oscuro felino mas no encuentra nada.
-¿qué es?- cuestionó Rodríguez bajando algunos escalones, la puerta se azota a sus espaldas.
-¡hey! ¿qué haces?- preguntó desde el interior -¿por qué cierras la puerta?
-¡abre la puerta!- se deja escuchar desde el interior, Cristián se acerca lentamente. Dentro del sótano, se dejan escuchar feroces gruñidos, Cristián se extraña por la fuerte resonancia de los mismos, aunque los gritos de los oficiales parecían indiferentes.
-si no abres la puerta...- segundos después, ambos policías empiezan a gritar, mezclando los gritos con feroces gruñidos, gritos desesperados, con miedo y angustia. Cristián, ajeno a lo que sucedía en el interior, intenta abrir la puerta, pero es inútil, la manija estaba trabada. Después de varios intentos fallidos, este cesa para alejarse de la misma atemorizado. Parecían estar luchando con algo de lo que no podían defenderse, un disparo hace que Cristián se aleje aun mas y se esconda detrás de uno de los sillones, sin saber que hacer ni que pensar, solo se queda paralizado detrás del sillón. Después de unos momentos de crisis, los cuales solo duraron solo unos cuantos segundos, todo queda en silencio, un silencio inquietante.
Aun inseguro, se levanta de su escondite, este siente un pequeño ardor en su pierna, mas le resta atención; la puerta que supuestamente estaba atorada lentamente y por si sola empieza a abrirse, Cristián camina hacia el interior con desconfianza, la curiosidad le impedía detenerse,

queda parado en la entrada y observa el interior, queda inmóvil ante la macabra escena que ve frente a sus ojos. Los cuerpos, mutilados y destrozados, yacían en el suelo sobre su propia sangre, Rodríguez estaba en las escaleras, su pecho parecía haber sido abierto a tirones, sus manos tenían grandes heridas, su rostro, irreconocible por el exceso de sangre que le cubre, carecía de ojos, Cervantes yacía cerca del baúl, recostado sobre su estómago, y sobre sus vísceras, las cuales se dejaban ver en un solo revoltijo, en su cuello había una gran herida, parecida a una fuerte y sanguinaria mordida. Sus ojos aun se mantenían abiertos. Cristián tarda unos segundos en recobrarse, su cuerpo no le obedecía en absoluto, cada miembro de su ser temblaba por igual al ver la cruel masacre, duda un poco en entrar, mas lo hace con lentitud, bajando escalón por escalón, con un rostro endurecido y unos ojos que negaban parpadear; al estar por completo abajo, este se agacha para ver de cerca los inertes cuerpos de los policías, de nuevo sus ojos se cubrieron con una sensación irreal, intenta apoyar su mano en el suelo, pero la introduce en uno de los grandes charcos de sangre, lo cual hace que resbale y caiga dentro. Se reincorpora lentamente y siente nauseas, se levanta de inmediato limpiando la sangre en su camiseta con sus manos y sale de inmediato dejando la puerta del sótano abierta, sale deprisa golpeando su cabeza en repetidas ocasiones negando una y otra vez con una voz quebradiza. Se introduce al baño y se lava el rostro y sus manos con rapidez y torpeza, pasa el jabón en varias ocasiones, se despoja de su camiseta lanzándola hacia el suelo del mismo y limpia las manchas en sus pantalones hasta agotar el agua en el galón. Sube a su cuarto buscando una nueva camiseta. Al colocársela se sienta en

su cama respirando con unos incontrolables nervios, baja nuevamente y sale de su casa. Recorre las calles durante un largo trecho caminando de una extraña manera, mirando a todas y cada una de las personas que se encontraba con unos desorbitados ojos.
Camina durante un largo trecho hasta llegar a una banca solitaria, mantenía sus ojos abiertos e incrédulos ante su situación, saca las banditas de su pantalón y cubre las heridas en sus manos con la boca abierta, parecía un idiota, un ser despojado de su cerebro.
Pasa saliva con lentitud ahogando un deseado llanto sin lágrimas, se levanta y continua su caminata hacia ningún lado...

XI

-...salí de la casa y, sin saber que hacer, caminé hasta llegar aquí- relató Cristián al intrigado padre Mateo, quien mantenía su completa atención, aunque había duda en su mirada -eso es lo que me trajo aquí.
-es algo difícil de creer hijo.
-lo se, pero no me gustan las mentiras- asintió -es la verdad... Mi propio padre, mi modelo a seguir, pagó para que me mataran...- baja la mirada -tengo mas valor muerto que vivo, pensé que quería hacerme hombre, como decía el, para que le agradezca todo lo que me ha dado, para que entendiera lo que es ser independiente, pero resulté ser solo una inversión para sus deudas... ¿qué puedo hacer ahora?- exclamó parpadeando lentamente. El padre Mateo lo observa con unos entristecidos pero aun incrédulos ojos -no todo es malo- continuó -creo que

ahora soy todo un hombre ¿verdad? Ahora soy rudo, valiente y... Asesino...
-no hables así, en esta vida todo tiene solución, debes mantener las esperanzas- Cristián rió al escuchar el comentario.
-no soy un niño padre, ya no... No necesita ser condescendiente, se bien que no hay marcha atrás... No hay solución.
Un maullido alejado se escuchó en el interior de la iglesia. Cristián se sorprende abriendo de inmediato sus ojos.
-¿escuchó eso?- cuestionó alterado.
-¿qué cosa?
-el gato... Está aquí- Cristián se levanta y sale del confesionario en busca del animal, observa alrededor de la iglesia, el Padre Mateo sale detrás del mismo intrigado por su conducta -por aquí está, lo acabó de escuchar.
Camina de un lado hacia otro inspeccionando con la mirada cada rincón de la iglesia, levantaba las enormes cortinas para ver debajo, revisaba detrás de los muebles y asomaba su cabeza hacia el interior de los diferentes cuartos de la iglesia. El Padre Mateo se da cuenta de la pistola que Cristián cargaba en su cintura, temiendo que lo lastimara, este guarda una prudente distancia.
-aquí no hay gatos hijo, es solo tu imaginación.
-no, no, no, lo acabo de escuchar... Usted no me cree porque no lo ha visto... No me cree porque no lo ha escuchado... Déjeme encontrarlo, necesito encontrarlo.
-lo que necesitas ayuda profesional hijo- señaló el sacerdote. Cristián vuelve su rostro con una intimidante lentitud.
-¿qué dijo?
-tienes un problema hijo, estas pasando por un trauma y...

-después de todo lo que le conté me viene con estas babosadas... ¿cree que en verdad estoy loco? ¿qué inventé todo esto?
-no, no creo que estés loco Cristián, pero debes admitir que ese animal no existe, no es real, necesitas ayuda, todo lo que te ha pasado solo está en tu cabeza.
Observándolo seriamente, directo a sus ojos, Cristián se acerca con una actitud desafiante, sus pasos reverberaban en el interior.
-no estoy loco Padre, todo lo que le dije es cierto, vine en busca de redención y es lo que voy a obtener- lo observaba con malicia, mientras el Padre Mateo, intimidado, da un par de pasos hacia atrás.
-las cosas no funcionan así, será mejor... Que te vayas hijo- ordenó con nerviosismo.
-pensé que me quería ayudar.
-y te ofrezco ayuda, pero si tu no quieres ayudarte a ti mismo, no hay nada que yo pueda hacer- respondió, Cristián agacha la mirada, vuelve su cabeza hacia el altar admirando a un Cristo crucificado de tamaño natural que colgaba en la pared, regresa la cabeza hacia el padre.
-todo lo que le dije es verdad... Se que es verdad- finalizó ante la mirada extrañada del Padre Mateo, quien saca un rosario de su bolso y se lo obsequia alargando su brazo, Cristián lo observa frunciendo aun mas el ceño con sus labios retorcidos -¿y eso para que?
-ve con Dios hijo- le dice, Cristián toma el rosario.
-¿necesito fe?- cuestionó retóricamente, camina hacia la puerta, pero antes de llegar a la misma, este se detiene y observándolo por encima de su hombro.
-tiene razón padre... Necesito ir con Dios- señaló para después abandonar la iglesia. El Padre Mateo lo observa

alejarse con tristeza, este se encamina hacia el Cristo haciendo la señal de la cruz.
-ayúdalo Señor... Es solo un niño- regresa hacia el florero para terminar de arreglarlo aun pensativo.
Cristián sale caminando de prisa, su ceño fruncido ya era parte de su mirada, tenía el cabello desarreglado y un leve hedor a sudor, aunque su higiene era lo último que le importaba. Aquel muchachito obsesionado con su aspecto se veía extrañamente alejado, como un recuerdo distante y borroso. Habiendo caminado un largo trayecto con una rapidez nerviosa, este llega a su casa y se introduce a la misma. Tenía el deseo de confrontar a su padre, algo que nunca había hecho, las discusiones siempre terminaban con un obligado *"si, señor"*. Pero esta vez era diferente, no callaría, no bajaría la mirada y no tendría piedad. Sube a su cuarto para alistar sus maletas aun sabiendo que no tiene suficiente dinero para regresar, solo quería alejarse de esa infernal casa, llevarse todas sus pertenencias para no regresar jamás. Confesaría todo, no le importaba el cuerpo de Diego en el baúl, no le importaba que dos policías estuvieran muertos ahogados en su propia sangre, y que una rubia hermosa estuviera atada por el frente a su casa, la lógica y la razón habían desaparecido de su vida. Al salir del cuarto, baja las escaleras con rapidez, su maleta y su mochila no eran muy pesadas pero el cansancio era evidente; llega hasta el primer nivel y deja sus cosas en el suelo. Se queda pensativo durante unos segundos observando el lugar, no deseaba olvidar nada.
Los molestos maullidos se escuchan de nuevo, al parecer, provienen del interior del sótano; da unos cuantos pasos hacia el mismo con cautela, quería atrapar al molesto animal y descargar su furia reprimida sobre su cuerpo. Deteniéndose en la entrada, este enciende la luz y observa

alrededor, los maullidos no cesaban, eran alargados, como el de un lamento. Cristián saca el revolver y camina hacia el interior sigilosamente, baja los escalones con cuidado, de nuevo la escena de los policías destrozados choca ante su vista, pero a este parecía no importarle, su sensación de irrealidad era ya diluida. Baja hasta el final y observa de nuevo, camina hacia los maullidos, los cuales se escuchaban detrás de una caja de cartón vieja y algo humedecida, tenía en su base un color verde grisáceo, camina empuñando el revolver con firmeza, le temblaba la mano solo un poco. Se acerca y ve que la caja está cerrada con una tapa igual de maltratada, cuidadosamente alarga su mano, toma la tapa y la levanta despacio, acerca mas el revolver y agudiza su mirada intentando ver debajo, los maullidos había cesado; remueve la tapa por completo y la arroja hacia un lado, aprieta su mandíbula pensando que con esto dispararía mejor; en el interior no hay mas que papeles, este se molesta y revisa batiendo su contenido, no había nada, solo una cosa llama su atención; queda paralizado al ver una vieja fotografía de papel, gastada de una de sus esquinas, era una foto amplificada, su marco era de madera igual de maltratado, estaba levemente roto por una línea que abarcaba todo el vidrio; en la imagen figuraban dos ancianos, abrazados y sonrientes, estaban sentados en uno de los sillones en los que Cristián descansaba, solo que estos se apreciaban mas limpios. La anciana, de lentes grandes y cabello cano, ondulado y corto, sostenía en sus manos a un gato negro que observaba a la cámara fijamente con unas maliciosa mirada, era físicamente igual al que lo acechaba. Un nuevo maullido lo hace saltar, arroja el cuadro y cae rompiéndose el vidrio, en la puerta estaba el animal,

sentado justo en medio con su cola enrollada entre sus patas, la luz se dejaba reflejar en sus penetrantes ojos los cuales no dejaban de observar a Cristián, quien, respirando con mas calma levanta el revolver y apunta directamente a la criatura, había un ambiente de tensión, el silencio de pronto reinó el lugar, aquel animal había dejado de emitir sonido alguno.
-la curiosidad mató al gato- exclamó sonriente. Dispara sin pensarlo, sin dudarlo, pero el resplandor del disparo hace que este voltee el rostro, baja la mirada y suspira, queda pensativo durante unos segundos. Se reincorpora y observa de nuevo hacia los escalones, no había nada. Sube corriendo hasta la puerta, el animal no estaba, solo un pequeño orificio en el marco de la puerta. Al pasar la mirada por los escalones, este topa con el cuchillo de Diego, el cuál se mantenía clavado en el segundo escalón, estaba bañado en sangre. Lo toma extrañado y vuelve su mirada a los policías, todo se empezaba a aclarar, los sucesos de pronto llegan a su mente.
Recuerda cuando los agentes se introducen al interior del sótano. Este se introduce igualmente y azota la puerta.
-*¿qué estas haciendo?*
Cristián se abalanza con rapidez hacia Rodríguez cortándole de un tajo la garganta, Cervantes saca su arma y dispara hacia este al tiempo que se le acerca pero solo logra rozar su pantalón, Cristián se movía con una inusual agilidad, al llegar a este lo derriba y clava una y otra vez la navaja en su pecho, estómago y rostro, Cervantes, en su afán por defenderse, recibe navajazos en sus manos que le cortan la piel hasta el hueso, los gritos se ahogaban con la sangre. Con una actitud psicópata, Cristián no dejaba de introducir la afilada navaja. Rodríguez se mantenía en los escalones con su mano en el cuello, la

sangre salía a chorros entre sus dedos, intenta incorporarse pero pierde equilibrio y cae llamando la atención de Cristián quien se levanta y corre hacia este clavando el metal en su espalda hasta que deja de moverse.
Segundos después, se levanta con orgullo ante la escena frente a sus ojos, camina hacia la salida sintiendo un poco de sangre en su boca, este saca su lengua y la prueba con satisfacción, sube los escalones y abre la puerta plantándose en medio, deja caer la navaja con la punta hacia abajo clavándose así en la madera de los escalones.
Al terminar de recordar, un intenso mareo lo envuelve, arroja la navaja y sale del sótano, camina aturdido, confundido, rápidamente se mete al baño, alza su mirada para verse en el espejo, no tenía ni una sola marca, las únicas heridas reales eran las ampollas de sus mano y la de su pierna, una cortada producida por el rozón del disparo. Cristián sale del baño caminando despacio.
-y después de todo... Si estoy loco- exclamó para si, negaba con su cabeza resignado. Toma el revolver y sale de su casa, cruza la calle ante la mirada de sus vecinos, quienes habían salido debido por el ruido del disparo, Cristián siente las miradas y se detiene a media calle para volver su rostro, observa a todos y cada uno de los que lo observan a él, alza el arma ocasionando con esto pánico colectivo, sus vecinos regresan a sus casas cerrando la puerta, en un segundo ya no había nadie observándolo.
Continúa su camino hasta introducirse a la casa de Dolores, quien aun forcejeaba por desatarse, esta voltea de inmediato al verlo.
-voy a necesitar algo de ti- señaló, llega hasta esta y quita la cinta de su boca, Dolores se queja debido al dolor y mueve sus labios mientras observa a Cristián.

-le vas a decir a mi padre, que el trabajo ya se hizo, que ya estoy muerto- Dolores niega con la cabeza manteniendo su mirada fría, este se agacha tomando el celular del suelo, levanta el revolver y apunta directo a su cabeza mientras introduce el número de su padre -solo hazlo.
-¿por que?
-porque lo digo yo.
-¿qué vas a lograr con eso? Porque no te vas...
-eso a ti no te importa.
Marca y acerca el aparato hasta el oído de Dolores mientras apunta su arma. Del otro lado de la línea, el Señor Lombardini, quien estaba en su escritorio, contesta la llamada.
-bueno.
Dolores duda unos instantes, Cristián mantenía su mirada fría también mientras apretaba su mandíbula.
-Ismael... Soy yo- contestó Dolores.
-te dije que no me hablarás a este celular- señaló, levantándose para cerrar la puerta de su oficina -¿qué pasó?
-el t-trabajo ya está listo... Solo hablaba para que lo supieras primero por mi.
El silencio reinó unos segundos.
-está bien, muy bien... Lo hicieron rápido, mas rápido de lo que pensé.
-así es como... T-trabajamos.
-¿te sientes bien?
-si, me siento perfecta.
El señor Lombardini sonrió, Cristián aleja el teléfono de Dolores y lo acerca a su oído.
-me da gusto, pero mas gusto me da que sean tan eficientes... Vamos a trabajar muy bien juntos... Y es

verdad eso que dicen ¿no?, los hijos son la mejor inversión- finalizó cortando la llamada, Cristián sintió como un amarga hiel le recorría la garganta, lanza el teléfono a las piernas de Dolores y baja el revolver. Sus dudas se habían despejado, estaba realmente loco y su padre realmente había pagado por su muerte.
-¿después de haberme matado que ibas a hacer?- cuestionó, Dolores lo miraba con miedo, sus ojos ya no tenían inocencia, sabía que no era el mismo.
-iban... Iban a mandar a alguien por ti.
-¿a quien?
-no lo se... Solo se que iban a venir por ti.
-¿iban a matarme... Y después iban a venir por mi?- cuestionó Cristián incrédulo. Dolores lo observa con incertidumbre -creo que le voy a mandar un obsequio a mi padre... Pero no le va a servir de mucho y tampoco le va a gustar.
Cristián alza el arma ante el asombro de Dolores.
-te ayudé y te puedo ayudar aun mas, tengo mucho dinero.
-no me importa el dinero, nunca me importó.
-por favor... Tu no eres así, no me dispares- exclamó bajando la cabeza.
Cristián la mira sin parpadear y sonríe ante la falsedad en su voz.
-claro que no muñeca- Dolores regresa la mirada y respira con mas calma -sería un desperdicio de balas -finalizó, da vuelta al revolver y golpea salvajemente su rostro en repetidas ocasiones, la golpea hasta romper su mandíbula y hacer brotar la sangre, pedazos de piel se desprendían como la cáscara de una naranja, Dolores no logra siquiera emitir un quejido, había muerto sin poder defenderse, los golpes eran agresivos y certeros. Cristián se aleja y coloca

el revolver sobre la mesa, va a la cocina y toma el cuchillo aserrado, le toma la mano para cortar el dedo que tenía el anillo obsequiado por su padre. Después de desprenderlo por completo, va a la cocina y lo lava como si fuera cualquier trozo de carne recién comprada en el mercado, lo lava hasta drenar la sangre en el mismo. Toma varios pedazos de papel servilleta y lo enrolla en los mismos para guardarlo en su bolsillo, toma de nuevo el revolver colocándolo detrás de su cintura, ya no le importaban las manchas de sangre tanto en su ropa como en su piel.
Un extraño sonido llama su atención, una musiquita que provenía del pantalón de Dolores. Se acerca y saca de su bolsillo un moderno celular oscuro, acababa de recibir un mensaje. *"en media hora llego, lo hiciste muy rápido, mas rápido de lo que pensé, pero me ahorraste mucho en la cuenta del hotel, ¿dónde quieres que nos veamos"*
El nombre del contacto que había enviado el mensaje rezaba como Ramsés, Cristián se intrigó recordando al amigo incómodo de Zihuatanejo, creía que era el mismo, pero no estaba del todo seguro. Toma el celular y digita una respuesta.
"ve a la casa de Cristián, no hay problema, es mejor ahí que en otro lado, ahí te entregaré su cuerpo"
Envía el mensaje y deja el celular de nuevo en el bolsillo de Dolores, se lava las manos y el rostro quitándose con lentitud la sangre que le había salpicado, en su ropa solo había unas cuantas manchas pequeñas, sale acomodando el revolver en su cintura, cierra la puerta.
Frente a su casa estaba estacionada la camioneta de Sonia. Este detiene su marcha observando la misma, no había nadie en el interior. Camina rodeando el vehículo, no

había nadie, pero la puerta de su casa estaba abierta por completo.
Camina hasta el interior topándose con Sonia, quien se mantenía de espaldas.
-¿me estas buscando?´- cuestionó con seriedad. Sonia da la vuelta un poco sorprendida. -hey, me asustaste... Vine a ver como estabas, en la escuela parecías...- esta se extraña al ver su mirada perdida -¿te sientes bien?
-¿me veo bien?
Sonia niega con la cabeza acercándose hasta quedar frente a este.
-¿qué te pasó?
-¿a ti que te importa?- cuestionó intimidante -no te conozco tanto como para que te preocupes por mi.
-pero.... Yo solo...- esta aja la mirada observando sus llaves.
-¿tu también eres parte de esto?
Sonia levanta la mirada al igual que su entrecejo.
-¿qué?
-sabes de lo que hablo... Sabes bien de lo que hablo... No entiendo porque lo hacen.
-¿de que hablas?
Este saca el revolver y apunta directo a su rostro.
-¿qué importa ya?
El disparo penetra entre los ojos de Sonia, quien cae inerte. Cristián la observa con indiferencia y se marcha.
El Padre Mateo había finalizado sus arreglos florales, se sienta en una de las bancas pensando aun en Cristián, observa al Cristo con duda.
-lo siento... Pero el muchacho no había venido a confesarse... Debo ir a la policía.
Cristian, con una actitud mas segura, se introduce a una papelería y compra un sobre.

-disculpa- llamó este.
-si- atendió la cajera con una coqueta actitud.
-¿sabes si de casualidad hay alguna paquetería por aquí?
-a claro... Toma esta calle- señaló hacia fuera con su delicada mano -y te vas derecho las siguientes tres cuadras y sigues a mano izquierda, el local está al final de la cuadra.
Cristián la observa durante unos segundos admirando sus alargados y bien maquillados ojos, da las gracias y sale del lugar.
Una camioneta grande acababa de estacionarse cerca de la casa de Cristián, dos sujetos grandes y fornidos ocupaban el asiento delantero.
-¿esta es la casa?- cuestionó el Señor Castillo quien ocupaba el asiento trasero.
-así es, y creo que el está ahí, la puerta está abierta- señaló uno de los sujetos.
Cristián camina siguiendo la dirección indicada, este introduce el dedo cubierto de papeles ya con la sangre cuajada en el sobre, sella el mismo y continua su marcha hasta llegar a la paquetería, donde se introduce y espera pacientemente su turno, había solo un par de personas. Entrega el sobre a una mujer que parecía enfada por la rutina de su trabajo, de mal aspecto y amargada personalidad.
"podría darte un balazo aquí mismo y no me importaría" da la dirección, paga y sale con tranquilidad. Camina mas relajado, sin prisa, aunque su ceño seguía igual, no sentía miedo, no sentía nada, camina con las manos en su espalda.
Un auto se estaciona frente a la casa de Dolores, era un modelo reciente de Volkswagen, había sido alquilado en Ensenada, Ramsés es quien baja del vehículo baja y

admira alrededor con sus juveniles lentes de sol. Este se extraña al ver el par de camionetas estacionadas.
Camina hasta el interior hasta toparse con el cuerpo de Sonia. Este queda inmóvil.
-¡¿Dolores?!- llamó con nerviosismo.
El par de sujetos camioneta salen del pasillo, ambos cargaban sus pistolas en sus manos.
-¿y ustedes quienes son?- cuestionó Ramsés extrañado.
El Señor Castillo sale detrás de estos y se para frente a Ramsés, tenía el rostro enrojecido y sus ojos con lágrimas, aunque sus facciones seguían duras.
-no se quien eres tu muchacho... Pero vas a responderme muchas preguntas- señaló con una intimidante seriedad.
Cristián había llegado de nuevo a la iglesia, la cuál tenía la puerta entreabierta, la empuja solo con sus dedos hasta que la luz ilumina el interior, camina a paso lento hasta llegar a el altar. Se inclina y hace la señal de la cruz con respeto. Junta sus manos y empieza a rezar. El padre Mateo estaba en el interior, oculto, este observa a las personas sentadas en los bancos indiferente a Cristián, el padre sostenía su celular en su mano, de inmediato marca a la policía. -Padre nuestro, que estás en el cielo...- inició Cristián, mantenía sus ojos cerrados mientras algunas lágrimas recorren su mejilla -santificado sea tu Nombre, venga a nosotros tu reino...- el padre Mateo lo observaba prudentemente, deseaba ayudarle pero temía por su seguridad y la de los demás en el interior, no deseaba saber que tan volátil era el comportamiento de Cristián y que tan impulsivas eran sus acciones -Hágase tu voluntad en la tierra como en el cielo... Danos hoy nuestro pan de cada día- Cristian saca el revolver de su cintura lentamente. La gente en el interior, al observar el arma, se asustan lanzando algunos gritos leves, todos se levantan y

salen rápidamente del lugar, Cristián se mantenía concentrado.
-por f-favor manden patrullas a la iglesia, hay un sujeto loco y está armado- finalizó, Cristián continuaba su rezo.
-perdona hoy nuestras ofensas... como también nosotros perdonamos a los que nos ofenden- levanta el revolver sosteniéndolo en el aire apuntando hacia el techo -no nos dejes caer en tentación.... Y líbranos del mal... Amén- levanta la mirada con sus ojos llenos de lágrimas hacia el la estatua de Cristo -de mi no obtendrás nada padre- exclamó llevando el revolver a su sien; la bala penetra su cabeza y sale por el otro lado esparciendo por doquier sus sesos y su sangre. El cuerpo inerte de Cristián cae al suelo aparatosamente, el eco del disparo aun resuena en la cabeza de el Padre Mateo, quien aun sostenía el celular en su oído. Después unos minutos, el padre se levanta y sale de su escondite. Camina lento, sorprendido; llega hasta el cuerpo inerte de Cristián, quien yacía con sus ojos abiertos, al lado del mismo se encontraba el rosario que le había obsequiado. El padre agacha su rostro y cae sobre sus rodillas llorando desconsolado.

Dirge - Death In Vegas

Made in the USA
Columbia, SC
16 January 2023

75854502R00107